小さな町

작은 동네

ソン・ボミ

橋本智保 訳

小さな町＊目次

This book is published with the support of the Literature Translation Institute of Korea (LTI Korea).

装幀　成原亜美（成原デザイン事務所）
装画　タカヤママキコ

小さな町

一　反作用

——笑いは離れさせ、苦痛は戻ってこさせる

私の夫は三十六歳だが、新聞や雑誌を切り抜いてスクラップしている。昔の人みたいに。もちろん、夫は昔の人ではない。彼はかれこれ十年余り、芸能プロダクションに勤めている。初めの数年間は、自分が担当している芸能人と、それに関連のある記事を整理するのがスクラップの目的だったが、いまは自分が重要なポジションにいるのを実感したくてやっているようだ。べつに私は夫が無能だと言いたいのではない。むしろ有能だと思う。有能な社員であり、有能な夫。彼は自分が母子家庭でどれだけ苦労してきたのかを話すのが好きだ。それが自分を引き立ててくれると思っているから。あと、着実にライフプランを立てるタイプだ。ある時期までは子どもを作りたくないからと、非永久的な避妊手術も受けた。母は生存中、よく私にこう言った。「彼みたいな人に会えたのは、またとない幸運なのよ。それももったいないくらいの。ようく覚えておきなさい」。ここで私が言いたいのは、毎朝ハサミで何かを切り抜き、糊でくっつける単純な行為が、何よりも夫を高揚させているように見えるということだ。彼はその行為をやめないだろう。当然だ。そうすることで自分がこの世で一番価値のある人間だと思えるのなら、どこの誰が拒むとい

うのだ。

夫が仕事に出かけたあと、私は時々彼のスクラップブックを開いてみる。いや、もっと正確に言うなら、「こっそり」という単語を添えた方がいいかもしれない。「こっそり開いてみる」。でも、これは正確な表現だろうか。夫はべつにスクラップブックを隠してはいない。そうかといって自分がスクラップをしていることを他人に話すわけでもなければ、私の口から誰かに話すのを望んでもいないだろう。ところが家の中では違った。彼はスクラップブックを食卓の上に置きっぱなしにしていた。広げたまま仕事に出かけることもよくある（切りかけの紙とハサミ、糊、など！）。「こっそり」なんて言い方をしたら、まるで私が夫のスクラップブックを見たくてたまらないと思っているみたいだ。でもそれは違う。私はここ数年——不定期に——大学で現代日本文学について講義をしているのだが、仕事のない日は、コーヒーを淹れて食卓の前に座って時間を過ごす。そんなとき、夫のスクラップブックを開いてみるのだ。そこにあるから。ただそれだけだ。他に理由はない。スクラップされた記事や文章に興味をそそられたこともなければ、夫に隠れて読もうと思ったこともない。これまで夫に「これ、読んだ？」と訊かれたことはないけれど、もし訊かれたら当然、読んだと答えるつもりだった。夫のスクラップは雑多で、原則や規則があるようには見えない。単に自分の興味を引くもの、あるいは逆にまったく興味を引かないものを、手当たりしだいに切り抜いて貼りつけているのだろう。私は時々、夫の**真の**関心事は何だろうと考えてみる。

実を言うと、夫のスクラップブックが役に立つときもある。授業中に学生たちが退屈でたまらなそうにしているときや、彼らの気を引きたいときに、私は夫のスクラップブックで見た記事について話す。何日も続く外国の山火事、幼児の誘拐事件、伝染病、高齢者の集団自殺、韓半島の南部で起こった強い地震……など。前学期の最後の授業で、ある学生が質問があると手を挙げた。彼女はとてもまじめな顔でこう言った。

「教授はどうしていつも、恐ろしい事件のことばかり話すんですか」

私はため息をつき、少し芝居がかった口調で答えた。

「私は教授じゃなくて、ただの時間講師だって何度も言ったはずですけど？　この教室で私が話すことなんてみんなすぐに忘れてしまうのね」

私は時々こんなふうに、あらゆる状況を冗談として受け流そうとした。「他人とつまらないことでいがみ合うんじゃないわよ。笑って聞き流せばいいの。出る杭は打たれるんだから」。私は幼い頃から、母に嫌というほどこう聞かされてきた。冗談は、私の思いついた最高の防御だった。時には思いもよらぬ形で得することもあった。たとえば夫に初めて会ったとき、彼は私の冗談が好きだと言った。それどころか、プロポーズをするときもこう言った。「君の冗談を一生聞いていたい」。でも彼が気に入ったのは、私が困難な状況下でも笑って受け流すところだったのかもしれない。結婚後、私たちが喧嘩をするたびに夫は言った。あたかも私が何でも笑い飛ばす人間だと固く信じていたかのように、そうでないのは夫を欺く行為だとでも言わんばかりに、「ああ、君がこんなに深刻になるとは思わなかった」と。そしてさらに時が過ぎると、その言葉はこう変わった。

「ああ、俺はいま忙しいから、そんな話をしている暇はないんだ。君は毎日仕事に行くわけじゃないから、わからないだろうけど」

それはともかく、教室での私の冗談は受けがよかったし、たいていの学生は大笑いした。質問をした学生は困った顔をしたが、そのうち周りの学生につられて笑った。それだけだ。私が質問に答えてやる必要はない。なぜなら、彼らはそんな質問をしたことすらすぐに忘れてしまうからだ。たとえ覚えていたとしても、大笑いしたあとはどうでもよくなる。まさにそこがポイントだ。笑いは爆発的に関心を集めることもあるが、笑い終わるとその笑いを取り巻く状況は元のさやに収まる。人は誰も消えゆく笑いのしっぽを掴んでいたいと思うので、笑ったあとは私が話そうとしたことからどんどん遠ざかっていく。（その学生の言葉を借りると）恐ろしい話、苦しい話は逆だ。それらの持つ不吉な空気は彼らにまとわりついて離れようとしない。そこから逃れるためには、やむをえず外部のもの、つまり私の声に耳を傾けるしかないのだ。

反作用——笑いは離れさせ、苦痛は戻ってこさせる。これが私の理論だ。夫はそんなのでたらめだと言う。夫は時々そういう言い方をする。とてもストレートな物言いを。彼は多くの人に会って交渉したり、説得したりする仕事をしている。だから、正確でストレートな物言いはしないはずだ。なのに彼は——「君の理論はまったくのでたらめだ」と言ったように——ストレートな言い方をするときがある。

たとえば、私の母が亡くなったあと、父について言ったときもそうだ。

母は昨年の五月に胆嚢がんで亡くなる前、私にできるだけ多くの話をしようとした。私が病室に入ると、介護人に席を外させて、まるで秘密をばらすかのようにしゃべり始めるのだった。母の声は蚊の鳴くように小さかったので、私は母にぴったりくっついて聞かなければならなかった。母には私しかいなかった。母はとにかくいろんなことを話した。死を目前にした人は自分の人生を振り返りたがるものなのか。気になったけれど、知るすべもなかった。親を亡くした人に「あなたのご両親も亡くなる直前に、ご自分の人生についていろいろ話されましたか？　そのことであなたは戸惑いましたか」などと訊くわけにもいかない。夫のスクラップブックの中にも、答えになるようなものはなかった。私は母が亡くなったあともしばらく、母から聞いた多くの話の中でふわふわ漂っていた。まるで手足を縛られたまま海の中に放り投げられたみたいに。

　母の葬儀に参列した父を見て、私は一瞬誰だかわからなかった。十歳のとき母と私を置いて家を出ていったきり、その後一度も会っていなかったからだ。父は悲しいというよりは、とてもうろたえているように見えた。その葬儀の日に、私は父と母が連絡を取り合っていたことを知り、少し失望した。父が出て行ったあと、母はありとあらゆる仕事をして私を養い、父からは養育費を一切受け取らなかった。なのにどうして失望したのかと訊かれたら、私は何と答えたらよいのだろう。父は私と話がしたいと言った。「おまえにどうしても話しておきたいことがある」。誓って、私は父を憎んでいなかった（それほどの関心すら見せたくなかったと言うべきか）。私が父を憎んでいると、父に誤解されるのも嫌だった（私が父に少しでも関心を持っていると思われるのが嫌だったと言うべきかも）。父と二人きりで話をするのはもっと嫌だった。あ、嫌だという言い方は誤解を招きやすいけれど、とにかく時間の無駄だった。私と父にはまだ話すことが残っているのだろうか。父は私に許しを乞いたいのかもしれない。母の死が父の心の中に波紋でも投じたのだとしたら。私は父を卑劣だと思った。

驚いたことに、父はずいぶんと執拗だった。誰に電話番号を訊いたのか、葬儀のあと夏が終わる頃まで、週に一、二回は必ず電話をかけてきた。一度は善意を施すつもりで、言いたいことがあるなら気が済むまでどうぞ（「一泊二日かかってもいいわよ」と冗談を言おうと思ったけれど、うまくいかなかった）と受話器に向かって言ったところ、父はこう答えた。

「会って話したい」

それを聞いた私は、父は頭がおかしいのではないかと思い、しばらく家にかかってくる電話を取らなかった。

夏も終わりに近づいたある日、夕飯を食べているときに電話のベルが鳴った。しばらくして気まずそうな顔をして戻ってきた夫は、椅子に座ってからこう訊いた。声の調子を整えて、単刀直入に。

「君のお父さんは、もともと厚かましい人なのか？」

私は首を横に振って答えた。

「さあ。よく覚えてないけど」

それから半年経った頃にも、夫はまた「そんな」ことを言った。夫と一緒に会社の忘年会に行った翌日のことだ。

忘年会は毎年恒例の行事だった。数日前から着ていく服を決め、ネイルケアをし、美容院にも行った。美しく装って夫のそばに座ること、それが私の務めだった。夫の会社はその業界でかなり名が知れており、社員への待遇がいいことで評判がよかった。年末には市内の宴会場を借りて、社員のためのパーティーを開いた。立派なケータリングが準備されており、宴会場前のステージでは弦楽四重奏やソプラノ歌手たちが順番に公演をした。それぞれが一張羅を着て、白いテーブルクロスのかかった円形のテーブルに座って楽しんだ。六人用の丸いテーブルの上には、参加者の座札が置かれていた。公演が終わると、みんな自分の席に戻って食事をした。想像していたほど華やかではなかったが、私は満ち足りた気分だった。上品に食事をし、拍手をし、口元を手でかざして笑う自分が素敵だと思ったりもした。そもそも社員のためのパーティーなので、所属している芸能人が姿を見せることはなかったし、またそれを望む人もいなかった。ところが、中には参列する芸能人もいた。いや、正確に言うと、参列したのは一人だけだった。ユン・イソという有名な映画女優だ。四年前、私は夫に連れられて――そのときはまだ夫ではなかった。私たちは結婚式を数か月後に控えていた――初めて忘年会に行き、そこでユン・イソに初めて会ったのだ。

　その頃すでに名声は下り坂だったが、私は彼女を見てびっくりした。思ったより小柄で、美しすぎたからだ。優雅な美しさではないと、私は思った。まるで一発殴られたような気分にさせられる、並外れた美しさ。周りの目を引かずにはいられない美しさ。夫はずいぶん前に、つまり私と出会う前に、彼女の仕事をサポートしたことがあったと言った。一年ほどだったか。夫はユン・イソのことをこう言った。「お嬢様育ちで、世間知らずなんだよ」。夫はその頃のことを話したがらなかった。もうそんなふうに――夫の言葉を借りると、芸能人の尻拭いをする――仕事はしたくない。「俺はもっと大事な仕事をしているんだ」と。夫が言うと、私はそうだと頷いた。

　ユン・イソを初めて見た日、彼女は体にぴったりフィットしたスクエアネックの白いワンピースを着ていた。知らない人が彼女を見たら、結婚を控えた人かと勘違いするかもしれない。おなじテーブルに座っていた人が私に耳打ちした。「彼女、古顔なのよ。いつも来るんだから」。私はそう言った人の顔を見て、微笑んで見せた。その二年後だったか、また別の人がこう言った。「彼女、遊び人なのよ。あきれちゃう」。失礼な言い方だと思ったけれど、そのときも私はただ微笑んだ。それから数年間、彼女の名声はどん底まで落ちてしまった。映画の出演は叶わず、一年前の夏から〈また別の女〉という朝の連続ドラマに脇役で出ていた。それでも彼女は毎年、うっとりするほど美しく着飾って忘年会に現れ、自分の席で存在感を誇示した。物怖じせずに。彼女の隣にはいつもマネージャーとその妻が座っていた。私は彼女のマネージャーが毎年おなじ服を着てくることに気づいていた。決して安物ではなかった。ひと目で高級な服だとわかった。マネージャーの妻も、もちろんユン・イソほどではなかったが、美しく着飾ってきた。袖元がふくらんだ黒のワンピース、真珠のネックレスとイヤリング、プラチナのブレスレット、肩まで伸びた髪。六人用のテーブルにはいつも、三人の席札が置かれていた。彼らはたいてい忘年会がお開きになる前に姿を消した。

　初めてユン・イソを見た日、私は帰りの車の中で夫に言った。

「あの人たち、家族みたいね」

「家族？」

私はそれから何と言っただろう。夫は私の言ったことを覚えているだろうか。

今回の忘年会にユン・イソは顔を見せなかった。マネージャー夫妻だけが参列した。マネージャーはまた例年とおなじ服を着ていたが、マネージャーの妻は装飾品もつけず、ジャケットにジーンズ姿だった。夫妻の席札は、他の四人とともに六人用のテーブルの上に置かれていた。あたかも例年そうしてきたかのように、二人は公演を見て、食事をして、周りの人たちと談話をした。

私はユン・イソが来なかった訳を訊きたかった。彼女に何かあったのか気になったからだ。その一方で、絶対にそうしたくない、ユン・イソがなぜ来ないかなんて気にするものかという気持ちもあった。意外だった。ユン・イソが来ようが来まいが、私の知ったことではないのに。彼女と私は知り合いでもなければ、会話らしい会話をしたこともなかった。彼女が来ないのは特別なことだろうか。いや。単にこんな集まりに顔を出すのが嫌になっただけかもしれない。もしくは、あれこれ人に噂されるのにうんざりしてしまったとか。その日はたまたま体調が芳しくなかったからかもしれないし……。なんてこと。私はずっとユン・イソのことばかり考えていた。そこから抜け出せないので嫌な気分にさえなった。私が席を立つなり、夫が言った。

「どこ行くの？　何か必要？」

私は夫がわざとそう言っているのを知っていたが、微笑みながら答えた。

「化粧室」

おなじテーブルにいた社員の妻がそんな夫を見て、すねたふうに言った。

「うちの夫なんて、私がどこに行こうがぜんぜん関心ないのに」

化粧室に入ると、パウダールームのソファにマネージャーの妻がだらしなく座っているのが見えた。話しかける口実ができた偶然が全然うれしいとは思わなかったが、私は手を洗っている間じゅう、鏡に映った彼女をちらちら横目で見ていた。彼女から酒の匂いがし（いつの間に飲んだのだろう。いままで一度も酒に酔っ払ったことなんてなかったのに）、目には涙が溜まっていた。酒に酔った女。彼女は酔っ払っていた。ふと、幼い頃に会った**酔っ払いの女の人**を思い出した。母は分別を失くした人だと言ったっけ……。私がマネージャーの妻に声をかけたのはそのことを――酔っ払った女の人のことを――考えたくなかったからで、他に意図があったわけではなかった。

「ユン・イソさんはいらっしゃらなかったんですね」

彼女はうつろな眼差しで私を見た。

「彼女と知り合い？」

「いえ、個人的なつき合いはないんですけど。ちょっと気になったから」

「どうして気になるの、そんなことが？」

返答に窮している私に彼女が手招きをしたので、彼女が座っている椅子の前まで行くと、今度は自分の隣を手でぽんぽんと叩いた。私は彼女の隣に、近くに座った。彼女が私の耳もとで囁いた。まるで古くからの友達みたいに。

「彼女はもうここには来ないわ。消えてしまったんだもの」

私は意味がわからなくて訊き返した。

「消えた？」

「そうよ。言ってる意味がわからない？」

彼女の口調からは、いらだちと、酒に酔った人特有の神経の高ぶりが感じられた。しかしそれはすぐに消え去り、私の顔をじっと見つめたかと思うと、眉をひそめて言った。

「で、あなたは誰？」

私が面食らっていると、彼女はそんなことはどうでもいいというふうに手を横に振った。

「まあ、あなたが誰だろうとあたしには関係ないけど。でしょ？　そんなことよりあの女、手紙を残して消えたのよ。なのに、誰もその手紙を見せてくれないの。あたしには見る資格がないとかなんとか言って」

そう言って、彼女は惨めだとばかりにかぶりを振っていたが、すっくと立ち上がった。

「じゃあまたね」

彼女はまるで私の家に招待されていた客のように挨拶をし、ふらつきながら化粧室を出て行った。

消えてしまった。

この業界の人たちは「消える」という言葉を頻繁に使った。仕事をやめるだけでこういう言い方をした。ユン・イソが手紙を残して消えた。十分あり得ることだ。特別なことではない。彼女は会社のシンボル的な存在だったのだから。黙ってやめるわけにはいかなかったのだろう。それなりの後片づけが必要だったはずだ。ひょっとしたら手紙じゃなくて書類だったかもしれない。会社の株式とか、あるいはそれに関連のある何か。ただ私が気になったのは、なぜマネージャーの妻に「手紙」を見せなかったかということだ。彼らは家族のようなつき合いをしていたはずなのに。私は化粧室から戻ってきたあともずっとマネージャー夫妻を横目で追っていたが、翌朝目を覚ましたときには、ユン・イソのことなどすっかり忘れていた。つぎの日も、そのつぎの日も、つぎのつぎの日も、ユン・イソを思い出すことはなかった。もっと正確に言うと、私は彼女のことを完全に忘れていた。再び思い出したのは、数か月過ぎた頃だった。

忘年会の翌日は土曜日だった。朝遅く目を覚ました私の隣に、夫はいなかった。仕事に出かけたのだろう。数か月前から、週末でも緊急に呼び出されることが多くなった。「あなたって産婦人科の医者みたい」。そう冗談を投げかけた私に、夫は産婦人科の医者とは比べ物にならないほどくたびれていると泣きごとを言った。

夫は食卓の上でスクラップをしていたのだろう。所々切り抜いた新聞、開いたままの数冊の雑誌、糊とハサミ、紙切れなどが散らかっていた。私はコーヒーを淹れて食卓の前に座り、それらを片づけながら、何気なく夫がスクラップしたものを見た。「失顔症」という文字が目に留まった。私は最初のページを開いて、ていねいに読み進めることにした。そのあと書斎に入って夫がスクラップしたもの――二十冊以上もあった！――を一冊ずつ取り出して読みはじめた。きちんと読むのはそのときが初めてだった。以来、私は夫のスクラップブックを貪るように読み、そのうち頭の中はいろいろな記事でぐちゃぐちゃになった。読みながら、似たような過ちが繰り返される世の中の現実を突きつけられた。

その日は丸一日、連絡のなかった夫が、夜遅く帰ってくるなりベッドで眠りこけたあとも、私はずっと眠れないでいた。そのうち諦めて、枕元にある読書灯をつけた。薄暗い光の下で夫が何やらつぶやいた。私は夫の体を揺さぶった。目を覚ました夫は、自分の置かれたこの状況が信じられないとでもいうように私を見つめた。

「どうしたんだ」

どうしたんだろう。私はなぜ夫を起こしたのだろう。いったいなぜ？

「私、父に会いたい」

「何だって？　誰に？　どうして？」

夫は目をぱちくりさせながら私に訊いた。どうして？　なぜそんなことを口走ったのか、自分でも驚いた。父に会いたい？　いったん口に出してしまうと、私が以前から強く望んでいたことのように思われた。

「だから、父に会おうと思うの」

「それって、いま、こんな時間に、俺を起こしてまで言うことか？」

夫はあきれたように言った。やがて、いつもの単刀直入な物言いでこうつけ加えた。

「お父さんに会うのは君の自由だよ……。だけど会ったら、きっと後悔するよ。絶対に後悔する。それだけは確かだ」

「後悔なんかしない」

夫は無言で私の方にある読書灯を消し、また身を横たえた。少しするといびきが聞こえてきた。部屋の中には一点の光もなかった。夫の言ったとおり、父に会ったら後悔するかもしれない。でも、後悔するなんてことあるだろうか。父が自分の罪悪感を減らしたいと思っているのは確かだ。そんな父に、許せないと、私たちを捨てた罪は決して軽くなりはしないと、はっきりと言わなければならない。罪悪感はそんなふうに消えるものではない。この分野に関しては、私はプロだった。

後悔なんかしない。笑ってみせる。これで終止符を打つのよ。

ふと、十歳まで住んでいた小さな町を引っ越す日のことを思い出した。母と私は二人だけで引っ越しの準備をした。母は特に悲しそうにも、挫折したようにも見えなかった。髪を一つに束ね、一生懸命に体を動かした。私たちは本当にたくさんのものを捨てた。母は私をこう言って励ました。ここにあるものを全部捨てて、この家を出ていくの。新しい町で暮らすのよ。いいでしょ？

私は首を横に振りたいのを堪えて、そうだと答えた。他にどう答えたらいいかわからなかった。

引っ越しの日、町の人たちは誰ひとり別れの挨拶に来なかった。

二　至上命令

病床にいる母から聞いた話の中でとりわけ驚いたのは、母に妹、つまり私にとっては叔母がいたという事実だった。入院する前にも――私が高校生になった頃だと思う――母が自分の過去について語ったことがあった。母には明らかに魂胆があった。「この空の下に、家族は私たち二人しかいないのよ」。母はそうやって私たち家族――つまり私と母――から父の存在を消してしまいたいと思っていたのだ。

　母は西海《ソヘ》にある小さな島で生まれた。母が島で生まれたことは知っていたけれど、その島の正確な名称を知ったのは母が亡くなる少し前だった。見覚えのある名前だと思ったら、夫のスクラップブックで見たことがあったのだ。たしかスパイ捏造事件に関する記事だった。好奇心がもくもくと沸きあがった私は、その事件と母を――ほんのわずかなことでもいいから――結びつけてみようとしたが、実際にはありえないことだった。記事の内容はこうだ。一九七〇年代の初め、あるイカ釣り漁船が誤って北方限界線《NLL》を越えた。そのため、船に乗っていた男性数人は北朝鮮に圧送された。数か月して彼らは無事に戻ってきたが、その後も国家安全企画部に連行された。彼らの苦しみはそれで終わらなかった。十年が過ぎた頃、再びスパイ容疑で拷問を受け、冤罪で刑務所に入れられたのだ。苦難を強いられた彼らは、母の父の息子に当たる世代だった。母には――のちに妹がいると明かしたが――兄弟はいなかった。私はふと思った。母は島で暮らしていたとき、スパイ容疑をかけられた彼らのことを知っていただろうかと。彼らに会ったことがあるのだろうかと。夫にこの話をすると、彼はこう言った。

「べつに特定の人にだけ起こったことじゃない。誰の身にも起こりうるんだ」

　私の祖父は漁師だった。「それに頭が古かったのよ」。病院のベッドの上に座ったまま母はこう言ってから、笑って自分の言ったことを訂正した。「そうじゃないわね。あの頃はごく自然なことだったのよ」。島の人たちはほとんど、生涯そこで暮らした。母は朝鮮戦争のあと数年も経たないうちに生まれた。私の祖父の至上命令は、家族を飢え死にさせないことだった。母の母――つまり私の祖母は、母が八歳のときに亡くなった。祖父はその後、再婚しなかったが、母の話によると「それなりに自分の課題を遂行」した人だという。それは、当時十代だった母への至上命令とは違った。「大人になる前に島を出ていこうと思った。それが私にとっての至上命令だったの」。それから母はこんなことも言った。「あんたのおじいちゃんはね、私を島から出そうとしなかった。私が文字を覚えて本を読んだり、自己主張なんかしたら、まるで世も末だとばかりに舌打ちしたものよ」。母は島を出て勉強したいという意志を見せたが、祖父にとってはとんでもないことだった。娘に、もってのほかだ、けしからんと言いつのった。だから母は戦略を変えた。自分の気持ちを口外したり、ほのめかしたりするのをやめた。そもそも自分が間違っていたかのような態度を保った。「五年間、死んだつもりで生きたわよ」。母は周りを安心させてから、小遣い稼ぎになることなら何でもやった。そして十八歳の夏、それまで貯めた金と、父親が炊事場に隠していた現金を盗んで、こっそり島を出た。母はその夜、大気中を漂っていた熱い空気と、船を揺らした波を覚えていると言った。「汗びっしょりだったけど、怖くはなかった」。新しい人生が始まることへの期待しかなかったと、母は言った。「島を出てからは、一度も家族に会ってないの。だからこの世に家族は私たち二人しかいないのよ」。私が結婚する前は、母の話はここで終わっていた。でも結婚したあとは、もう一つ文章が追加された。「よかった。あんたにも家族ができて」

私が生まれたのは、母が内地に定着して十一年が過ぎた頃だった。母は父と結婚するまで木浦《モッポ》にある中学校で事務職員をしていたという。内地に来てからはまず洋裁店で働き、そのうち大検に受かったので奨学金をもらって放送大学に通ったことを、母は長々と説明するのが好きだった。「運がよかったわ」。こう言うのも忘れなかった。しかし、身寄りのない十八歳の女の子が耐え抜いた苦しみや挫折、寒さやひもじさなどについては、頑なに口を閉ざしていた。母はわざと明るく振る舞っていたのではないかと思う人もいるかもしれない。でもまさにそれこそが核心なのだ。母は自分の目で人生を振り返っていたのだ。どのような観点に立つかは母自身が決めることだった。

父はソウル出身だが、母に出会ったときは木浦で小さな貿易会社に勤めていた。結婚後の新居は父が一人で暮らしていた部屋に構えたという。どういう経緯なのかは知らないが、私が生まれたのは木浦ではなかった。京畿道《キョンギド》の広州《クァンジュ》だ。私は十歳のときにその町を離れたのだが、その後、母とよくこんな会話をした。

「で、あんたの田舎はどこだっけ？」

「広州」

「どこの広州？」

「京畿道の広州」

あんまり度々訊かれたので、そのうち歌を歌うように特有のリズムをつけるようになった。私はこの話を母が亡くなってから数か月後に――父がしつこく連絡をしてこなくなった直後だったと思う――会いに行った友人にした。友人の暮らしているところが偶然にも京畿道の広州に近かったからだ。

「歌を歌うみたいに？」

彼女が訊いた。

「歌ってほどじゃないけど」

彼女は妊娠中だった。だから母の葬儀には来られなかった。しかも何度も流産していたので、妊娠初期には格別に用心していた。その頃、家の外に出るなんて考えられなかったと言った。私たちは大学のときに知り合った。私は社交的でも胸の内を見せる方でもなかったが、彼女と話すのは好きだった。彼女は私と性格も声も振る舞いも正反対。周りの人を励ますことで自分が元気になれるタイプだった。そんな彼女の性格は仕事――日本語を翻訳するという――にも影響を与えた。才能があったし、何よりも顔が広かった。当時、私も彼女のつてを頼って翻訳の仕事を始めた。

「いつだったっけ。あんたのお母さんが作業室に来たの。覚えてる？」

もちろん覚えている。その日、彼女は母のことを一風変わった人だと思ったはずだ。たしかに母には変わったところがあった。たとえば、母は私の居場所がわからないと不安がった。大学に入ってからも、私が家に帰ってくるまで寝ないで待っていた。私が周りに誘われてデモや集会などに参加するのではないかと危惧したのだ。私が大学生の頃は、学生運動が完全に力を失っていたのに（そもそも私は関心すら持ったことがなかった）。大学を卒業してからは過剰な心配はしなくなったが、それでもやはり私がどこで何をしているのか知りたがった。母の口から直に聞いたわけではないけれど、私が思うに、それがその日、作業室に母が訪ねてきた理由だった。私がどこで何をしているのか心配で、友人の仕事部屋にまでやって来たのだ。私は独身の頃、友人に仕事部屋の半分を使わせてもらっていた。上り坂の途中にある家で、小さくて四角い部屋の隅にプラスチック製の机が置いてあった。そこではいつも日本語が流れていた（彼女は日本のテレビ番組をつけっぱなしにしていた。そうしたら仕事がはかどるからと言って）。母は机の前に立って私に言った。「なかなかいいじゃない」。私はそんな母を見て妙な気分になった。母は私のわずかな持ち物の中に何を探そうとしていたのだろう。

その部屋で仕事をしていると、それまで私を構成していると信じて疑わなかった要素が再編成されるような気持ちになるときがあった。重要だったはずの要素は追いやられ、それどころか虚像だったかもしれないと思うときさえあった。過去はつまらないものであり、未来は私の意のままに築けるものだと思える自信が生まれ、見栄を張りたい気持ちになった。そのような感覚は波のように押し寄せてきたかと思うと、一瞬にして引いていった。のちに私はその感情――自信――が仕事ではなく、その場所と関連があることに気づいた。

やがて私は仕事部屋を失った。彼女は結婚後（私より三年ほどあとで結婚した）、専業主婦としての生き方を選んだ。自分が永遠にエールを送りたい人にたどり着いたのだ。わかっていながらも、彼女が仕事部屋をあっさり手放したことに――そんな資格もないくせに――裏切られたような気がした。私はこの気持ちを誰かに話したかったが、適当な相手がいなかったので母に打ち明けた。「本当に残念なことね」。母の反応を見たとたん、あれだけ話したくてたまらなかった気持ちが嘘みたいに消えてしまった。

「それで、広州のどこに住んでたの？」

「地名は覚えてないのよ。十歳のときソウルに引っ越してきたから。いまはどうなってるのかなあ」

彼女はもう昔の面影はないと、高級タウンハウスがたくさん建てられていると教えてくれた。私は、そんなに変わるはずがないと、市街地から遠く離れていて、まるで閉鎖されたような町だったと言った。

「だからよ。お金のある人って、閑静なところで自分たちの群れを成して暮らしたがるじゃない？　ま、私みたいな人間は絶対無理だけどね」

お茶を飲んだあと、私は彼女を家まで送っていった。お腹がかなり大きくなっていたので、それ以上引き留めてはいけないと思ったからだ。車を降りる前に、出産予定日はいつなのか訊ねると、彼女は顔を赤らめて答えた。

「まだ六週間も先よ。この子、すっごく大きいみたいなの！」

私は一人残された車の中で考えた。住んでいた町の名前を確かめる方法はたった一つ、父と連絡を取るしかない。でもその頃の私は――どういう理由であれ――父に会いたくなる日が来るなんて想像もできなかったし、だからその町の名前を知ることは永遠にないと思った。すると、何とも言えない寂しさに襲われた。初めて母の不在を身に沁みて感じた。

「閉鎖」と言うと大げさだから、「ぽつんと離れていた」くらいにしておこう。五十世帯ほどが暮らす町の入り口には、あまり深くはないが幅の広い小川が流れており、その上には、大人が三人並んで歩けるほどの小さな橋が架かっていた。橋を渡った地点からわが家までは――わが家は橋に最も近いところにあった――小径が続き、沿道には雑草のような古い低木が植わっていた。その彼方には、町全体を包み込むように松林が広がっていた。

町の中には、私有地なのか公有地なのか区別のつかないところに建っている家もあった。囲いも門もない家に住んでいた人たちは、家の近くの土地で好き勝手に作物を栽培したため、喧嘩になることもあった。夜が明けると大人の男たちは、地主の田畑に仕事に出かけた。私の知るかぎり、スーツを着てネクタイを締めて市内に出勤するのは私の父だけだった。人はそれを「ちゃんとした仕事」と言った。通勤に時間がかかったので、父は朝早くバスに乗り、夜遅く帰ってきた。

のちにソウルに引っ越してきた私は、私と同じような環境で暮らした同年代の子がほとんどいないことにショックを受けた。大学に入ったばかりの頃、たまたま私の幼い頃の話をしたことがあったのだが、周りの友人たちはからかうように言った。「あんた、いまいくつ?」。私は、実は私、朝鮮戦争を経験してるのよ、などと冗談を言って笑ったが、心の中では、もう二度と昔の話なんかするものかと自分に言い聞かせた。私は時々思った。あの小さな町で暮らしていた子たちは、いったいどこに消えてしまったのだろうと。あの子たちはいま、どこで何をしているのだろうと。

　町の女の人たちは私を「赤レンガの家の娘」と呼んだが、当然そこには皮肉が込められていた。正しくは「赤レンガの家」ではなかった。「赤レンガの塀がある家って言わなきゃ」。いつだったか母がそう言った。でも母以外の人は誰もそう言わなかった。ともかく、わが家がそう呼ばれるのには理由があった。その町ではめずらしく、わが家には公有地と私有地を完全に分離する塀と門があったのだが、それでも不十分だったのか、母は人を雇って塀の上にさらに赤いレンガを積んだのだった。町の人が私に話しかけてくることはめったになかった。子どももそうだった。彼らは私と仲良くしようとはしなかった。もっと率直に言うと、私のことを嫌っていた。たぶんそこには、母の一風変わった態度が影響していたと思う。母は近所の人たちと一緒に唐辛子の種を取ったり、にんにくの皮を剥いたり、誰かの家に集まっておしゃべりをすることはなかった。むしろ一人で本を読んだり、私に本を読んで聞かせてくれた。「本の中にはあらゆる世界がつまっているのよ。人に会う必要なんかないわ」。父は時折、そんな母の態度をとがめた。「君は自ら災いを招いているんだ」と。私はその意味がよくわからなかった。おそらく「災い」は私のことなのだろうと推測するだけだった。

　母は心配性だった。実際に母は生涯――あ、こう言うのは間違っている。〝生涯〟ではなくて、私を産んだあとの人生と言うべきだろう――そうだった。私は大人になったあと、母がそういう系統の病院に行ったり、カウンセリングを受けたりすればいいのにと思った。しかし、その話をどう切り出せばよいのかわからなかった。私は母の若い頃の話を聞いて驚いた。心配性で何事にも慎重な母が、大胆にも一人で故郷と家族のもとから逃げ出したというのだから。

　母の心配事は一つや二つではなかった。ひと言では言えないけれど、私は幼い頃から、母がことさら私の安全を気遣っていることに感づいていた。父は娘を過保護にしすぎだと叱責したが、二人の意見がほぼ一致することもあった。たとえばこんなふうに。両親は毎日ニュースを見、ほとんどの新聞を購読した。父はどうだったか覚えていないが、母は家事をする傍らすべての新聞を精読した。そのような習慣は、のちに母が病気になるまで続いた。母はソウルに引っ越したあともいくつかの新聞を購読し続け、毎晩ニュースを見ることを怠らなかった。娘の私に新聞を見せないという点では、二人の意見は完全に一致していた。新聞に掲載された世の中の悲惨な出来事を幼い私が読むのは――または写真を見るのは――相応しくないと思ったのだろう。

　月末になると家族みんなで、一か月分の新聞を買取り業者のところに持っていった。私はいつもその日を楽しみにしていた。よほどのことがないかぎり、最後の週の土曜日に――日曜日は休みだったからだ――早めに仕事から帰ってきた父が紐で縛った新聞紙の束を持ち、母は私の手を引いて出かけた。私は一年のうちで初夏が一番好きだった。なぜなら、母が美しく着飾る季節だったからだ。母はスカートにギャザーの入ったシフォン素材の黄色いワンピースを着て、ベルトでウエストを締め、ハイヒールを履いた。私には青緑色のジャケットにスカートを、白い木綿のストッキングと紐のついた靴を履かせた。その町でそんな服を持っているのは私だけだった。町の人たちは私たちが買取り業者のところへ行くなんて思いもしなかっただろう（どこに行くのかと一度も訊かれたことはなかった）。私たち家族は橋を渡ってバス停留所まで行き、そこでバスを待った。運がよければ二十分、運がよくも悪くもないときは三十分、運が悪ければ四十分ほど待った。両親は気づいていなかったけれど、私は五歳のときには文字が読めたので、バスを待っている間、新聞の見出しを盗み見した。「ＫＢＳに警察を投入　三三三名を連行　徹夜で取調べ」「不動産投資　ファンド推進」「大学評価制度導入　ランク付け」など。私は意味もわからず読み、両親に訊くこともできずに黙っていた。

父の行きつけの買取り業者は、市内にある市場の奥の方にあった。入り口は狭かったが、中に入るとびっくりするほど広いスペースが広がっていた。三方を取り囲む棚には、テレビやラジオ、携帯用のランタン、拡声器などが並べられ、裏庭に続く戸を開けたところには、想像を絶するほど巨大な紙の山と古鉄の山が目に入った（後日、このことを母に話したら、母は笑って言った。「そんなに大きかったかしら。幼いあんたの目にはそう映ったのかもね」）。その傍らには平たくて大きな草色の鉄板があった。その前で父は、あたかも私にものすごい特権でも授けるかのように言った。

「あれに乗ってごらん」

鉄板は古物の重さを測る秤だ。鉄板の上に古物を載せたら、小さな指示計に数字が出てくる。私はいつもおどおどした。周りの視線を一身に浴びるのが恥ずかしかったからだ。私が秤に乗ると、父は指示計の数字をじっと見守った。父だけでなく、買取り業者の中年の社長夫妻もそうだった。彼らは数字が出たら拍手をしようと待ち構えていた。ともあれ私は成長していた。何の努力をしなくても自分の身に起こることを他人に褒められて、驚いたり、ときには威張りたい気持ちにもなった。でも、私が買取り業者に行く日を指折り待った本当の理由は別にあった。実はそこで飼われているむく犬に会いたかったのだ。そこに行って、犬に触ったり、餌をやったり、抱っこしてやりたかった。犬の匂いや感触がずっと消えなければいいのにという思いで、帰りに市内のレストランで食事をするとき父に訊いたものだ。

「パパ。あたしの体からまだ犬の匂いがする？」

父は私の体に鼻をあててクンクン匂いを嗅ぎ、母は笑いながら首を横に振った。家に帰ってから数日は、やわらかくて小さな生命体を抱いた名残で胸がしびれ、町を徘徊する子犬――どこからか急に現れたかと思うと、突然姿をくらました――を見かけるたびに、家に連れて帰りたくてたまらなかった。

当時のわが家は、現代式と――母の言葉を借りると――旧式が微妙に混ざり合っていた。門の中に入ると小さな庭があり、スレート屋根の建物が見えた。室内に続くすりガラスの引き戸を開けて中に入ると、正方形の板の間があり、向かいには私の部屋とトイレ（その町で、このようなきちんとしたトイレがあるのもわが家だけだった）が、左右にはそれぞれ部屋があった。その二部屋の間の壁には大きな家族写真が掛けられており、その下には母が私の写真を何枚かテープで貼りつけていた。台所は母屋の左側に別個についており、戸が二つあった。一つは庭に通じる戸で、もう一つは台所とつながる部屋についているくぐり戸だった。台所とつながっている部屋のことを、わが家では「食堂部屋」と呼んだ。その部屋で私たちは家族そろってテレビを見ながら食事をした。私はいつも母が台所で食事の支度をしている間、食堂部屋で遊んでいた。アニメーションを見ることもあれば、一人でコンギ遊び〔プラスチック製の小さな玉を五つ以上投げて取る、お手玉に似た遊び〕をすることもあった。そのうち母が大きなテーブルを広げると、私はくぐり戸の前で待機して、母から渡された料理をテーブルに並べた。檜のテーブルは木目が美しく、木の匂いがした。「ママが結婚するときに買ったのよ」。母はテーブルに傷がつかないように、濡れたタオルと乾いたタオルで念入りに拭いた。

「パパに訊いてごらん」

ある日、私がくぐり戸にもたれて犬を飼いたいと話したとき、母はにんにくの皮を剝いていた手を止め、私を見ながらそう言った。パパに訊いてごらん。それからまた言った。パパが帰ってくるまで起きていられる？　当時、私は父が帰ってくる前に眠ってしまったが、その晩は目が冴えていた。父が家に帰ってきたのは九時を過ぎた頃だった。両親は私のせいで毎晩欠かさず見る九時のニュースを見逃した。父は母に、なぜこの子はまだ起きているのかと訊いた。母は返事をする代わりに、父の夕食の支度を始めた。私は母を手伝い、支度が終わると母のそばに座って一人が食事をするのをじっと見ていたが、やがて口を開いた。

「パパ。うちで犬、飼っちゃだめ？」

父はご飯を食べながらそっけなく訊いた。

「どこに犬がいるんだい？」

「道ばたに」

「道ばた？」

「道ばたに犬がいっぱいいるの。そのうちの一匹をうちに連れてきたいの」

私は父の返事を待った。

「だめだ」

予想していたのとは違う答えが返ってきた。しかも断固とした口調だった。母は父をちらっと見たきり、私の味方にはなってくれなかった。私は父が恨めしかった。やがて父は箸を置き、私の肩に手を置いてまじめな声で言った。肩にのせた父の手はとても大きかった。

「犬を飼うのはどういうことなのかわかるか？　よく知りもしない生き物を育てるのは、そりゃ大変なんだよ。うちでは無理だ」

納得のいかない私は、悲しそうな顔を母に向けた。母は助け船を出してくれるどころか、この話はこれでおしまいと終止符を打ってしまった。

「パパの言うとおりよ。あんたには無理ね」

二人が許してくれなければ、私はどうすることもできない。それがわが家のルールだった。でも私は、両親が嘘をついているのではないかと思った。二人の口調や表情は不自然だったし、何かを企んでいるような、自分たちの世界から私を追い出そうとする意図が感じられた。それに、もとより不満もあった。小犬を一匹飼うのがそんなに大変なのか。本当にそうなのか。隣の家――わが家から百メートルほど離れている――に一人で暮らしているおばあさんだって飼っているのに。おばあさんの家は私有地と公共地が混ざっていた。家の前の空き地にはゴミが散らかっており、そのすぐそばでサンチュやネギなどが育っていた。古い瓦屋根、所々へこんでいる縁側、敷居がずれて閉まりにくい戸、悪臭のしそうな汲み取り式便所。縁側の下にはそれなりに立派な犬小屋があり、中には黄土色の犬が一匹いた。その犬を初めて見たとき、私は母に犬種を訊いた。「雑種だけど、珍島《チンド》犬の血が混ざっているんじゃないかしら」と母は答えた。それから、たいそうな善を施すかのようにこう付け加えた。「まあ、珍島犬ってことにしておきましょ」。犬の目尻はやや垂れ気味で、いつも口を開けていた。おとなしくてめったに吠えなかったが、いま思うと、おとなしいのではなくて、単に年を取っていたからだろう。犬はつながれていたが、鎖がとても長かったので、わりと自由に動きまわっていた。空き地に植わったものを食べたり、散らかっているゴミをあさったりしたが、騒ぎ立てようとしているようには見えなかった。きっと退屈だったのだろう。おばあさんもべつに叱ったりしなかった。その空き地はおばあさんの私有地ではなかったけれど、私がその空き地を通って縁側まで、つまり犬のそばに行ってもいいのかどうかは、また別問題だった。母は絶対に許さないだろう。でも両親に犬を飼うことを正式に反対された私は、それまでよりも頻繁に、もっと熱心に、隣の家の周りをうろつき、犬が餌を食べたり寝たり、片足を上げておしっこをしたりするところなどを、我を忘れて見つめた。

　それでも私は最後にもう一度勇気を振り絞った。再度母に犬を飼いたいと言ってみることにした。食堂部屋で母と食事をしているときだった。

「ママ、隣のおばあちゃんは犬を飼ってるよね。あたしより力が弱そうなのに。でも犬を飼ってるじゃない」

　母は箸を置いて私の顔を見た。そしてこう言った。

「犬を飼うのと力が強いのは関係ないのよ」

「だったら、なにと関係があるの？」

　母は私を見ながら話を続けた。

「あんたももうすぐ六歳でしょ。来年は小学生になるのよ。ママはね、あんたが危険な目に遭わずに大きくなってほしいの。それがママの至上命令よ。わかるかしら？」

「至上命令って？」

　母はどう説明すればよいのかわからず、言葉を選んでいるようだった。

「人が生きていくうえでの課題、必ず達成しなければならないことよ」

　それでも私は母の言っていることがわからなくて、フォークを持ったまま、ぽかんと口を開けて母を見つめた。

「ううん、いいわ。わからなくても。いつかあんたが大人になったら、自然とわかることだから。

でも、これだけは覚えておいて」

「なに？」

母はさっきよりも真顔になって私を見た。

「あんたが生まれる前、この町に大きな火事があったの」

「火事？」

「童話とかで見たことあるでしょ？　山で火事が起こって、動物たちが逃げまわる話」

私は頷いた。

「じゃあ、この町の人たちも逃げまわったの？」

「そう。でも動物と違って、人間は住むところを自由に変えられないの。〝定着〟って言うんだけどね。自分が暮らす場所を決めるって意味よ。でも、定着するのはとても難しいことなの。だから、みんなここを出ていけなかった。逃げた人たちも、結局は帰ってきたのよ」

私は、母の話が私の要求したこと――犬を飼いたいという――とどんな関係があるのかわからなかった。母は――数日前に父がそうしたように――片方の手を私の肩にのせた。

「本当にひどい火事でね。そのとき、隣のおばあちゃんは旦那さんと息子さんを失ったのよ」

「失った？」

「死んだってこと」

私はショックを受けた。

「おばあちゃんはとっても悲しんだ？」

「そうね。おばあちゃんだけじゃなくて、この町のほとんどの人が火事で家族を失ったのよ」

　そう言ってから、母はしばらくあらぬところを、私の顔ではない方を見やった。母には時折、自分だけの世界に浸るときがあった。やがては私のいるところに戻ってくるのだけれど。

「その人たちはね、死んだ家族の代わりに犬を飼ってるのよ。ママの言ってることわかる？」

「うちは誰も失わなかったの？」

　当時の私は、死を理解するにはまだ幼すぎた。それでも私の質問には、死に対する恐れ、大切な人を失ったときに抱く感情が込められていた。そして、わが家はその悲劇から逃れたという、苦いけれど甘い安堵感があった。でもいま考えると、私が訊きたかったのはそんなことではなかった。他人の苦しみとは関係のないものだった。うちの家族がみんな無事だったから犬を飼えないの？　それが犬を飼えない理由？　おそらく、核心はここにあった。

「ママが言いたいのはそれ。わが家にも死んだ人がいるのよ。あんたにはお兄ちゃんがいたんだけど、火事のとき死んじゃったの」

　私は急に怖くなった。母が「死んだ」という言葉を露骨に使ったからだ。母は火事と死んだ兄のことを誰にも話してはいけないと念を押した。「パパにも言っちゃだめよ。悲しむから。あんたがこの話をしたら、みんなとっても悲しい気持ちになるわ」

　母に言われたとおり、私はその話を誰にもしなかった。月日が経ったのち、その話を再び持ち出したのは母本人だった。しかも頻繁に、私に何か影響力を行使したいとき、母は火事のことを話した（兄についてはさすがに何も言わなかった。あ、一回だけ、ずいぶんあとになって一回だけ言った）。それは効果がありすぎたので、母がわざとそうしているのを知っていながら私はいつも屈服してしまった。やがて母は火事のことを話さなくなったが、代わりにこんなことを言った。私たちを生かしているのは「苦しみの均質化」だと。人はみな苦痛を強いられながら生きているのだと。いつだったか母と、大勢の人が理由もなく溺れ死んでいるニュースを見てからは、言わなくなったけれど。私が結婚してからはこう言った。「いまの自分をごらん。幸せいっぱいでしょ？」

　しかし五歳の私は、母の話に何一つ実感が湧かなかった。私に兄がいたということ、私が生まれる前に兄が死んだということを、どう受け止めたらよいのかわからなかった。私は涙があふれた。急に泣きだしたのはたぶん、誰かの死を悲しんだからではなく、両親が何かに失敗したと思ったからだ。よその人はともかく、うちの両親だけは絶対に失敗しないと私は確信していた。怖かった。そう、怖くて私は泣き続けた。母は私をぎゅっと抱きしめた。そして小声で、私をあやすように言った。

「心配いらないわ。ママは絶対にあんたを放さないから。約束よ」

　母はそう言って私の小さな肩に顔をうずめ、私が泣き止むのを待った。しばらくして私は泣き止み、しゃっくりをした。母は水を持ってきてあげると言って、私を部屋に一人残して出ていった。

　母はずいぶん長い間、戻ってこなかった。どうしたのだろう。もしかしたら母も泣いているんじゃないかと思うと、戸も開けられなかった。

やがて母は水を持って戻ってきた。そして私に飲ませてくれた。そのあと私たちはまた、食卓を囲んでご飯を食べた。ふと、疑問に思った。また喉を通って出てきそうなしゃっくりをぐっと抑えて、私は母に訊いた。

「でもママ、どうしてうちでは犬を飼わなかったの？　だから……」

言い終わらないうちに私は、それは口にしてはならないことだと、不躾な質問だということを、うすぼんやりとだが悟った。しかし、母は私を責めるふうもなく優しくこう言った。

「ママはね、あんたが生まれてくるって知ってたから。だから犬は必要なかったのよ」

母はもう一度私を抱きしめるかと思ったが、そうではなかった。

三　無神論者

　数日後、母は片手に紙袋を提げて、私を隣の家に連れていった。私は言われるがままに母についていった。私の記憶するかぎり、母がその町で近所の家を訪ねたのはそのときが初めてだった。母は私の手をぐいぐい引っ張って、家の前の空き地、つまりネギやサンチュ、名前もわからない作物が生い茂っているところを通り過ぎ、犬小屋のそばに行った。母が他人の土地を侵害しているのではないかと思うと、鼓動が激しくなった。大人は自分たちの立てた原則を、まるで小さな塀をひょいと越えるように、少しの面倒をかけるだけであっさり破ってしまう。それは彼らの特権だった。居眠りしていた犬が起き上がり、義務を果たすかのように数回吠えた。私たちは犬小屋の前を通って縁側へ向かった。あちこちへこんで朽ちた縁側は、白っぽく埃を被っていた。もうすぐ夏だというのに、縁側の下には古い毛の靴があった。

　部屋の中には人の気配がなかった。母が何度も「ごめんください」と呼んでいるうちに、ようやくキーッと軋む音を立てて部屋の戸が開いた。隣の家のおばあさんを間近で見たのはそのときが初めてだった。彼女は片方の手で戸のつまみを押さえたまま、上半身だけを私たちの方に覗かせていた。私はおばあさんの顔に刻まれた皺を見てギョッとした。短くて硬そうな白髪はチリチリで、肌は浅黒く、手も唇も皺だらけだった。母に言われて私は仕方なく挨拶をした。母はおばあさんに、娘は犬が好きなのだがわが家では飼えないと説明したうえで、お宅の犬と時々でいいから遊ばせてもらえないかと丁重に訊ねた。「とてもおとなしい子です。お使いぐらいはできますし、しっかりしたいい子です（母がこう言ったとき、私は誰かに自慢したくなった。でも残念なことに、そばには犬しかいなかった）。うるさく騒いだりしないと思います。ただ犬と一緒に遊びたいだけですから」

　母がそう言うと、おばあさんは戸を摑んだまま、私の顔を食い入るように見た。

「赤レンガの家の娘か」

　母はおそらく心の中で、赤レンガの塀がある家です、うちは赤レンガでできているんじゃありません、と言いたいのをぐっと我慢していたはずだ。私はおばあさんの声に衝撃を受けた。年老いた人の声。当時の私は、顔に刻まれた皺よりもずっと奇妙に感じた。おばあさんが何か言うたびに、彼女の喉に小さな傷ができ、その傷がじわじわと裂けていく想像をした。目は濁っており、膜が被さっているように見えた。彼女は私が初めて会った、壊れた肉体の顕現だった。おばあさんの返事を待っている間、私は胸がむかむかして吐きそうになった。断られたらどうしようと思ったからではなかった。その逆だった。私はもう犬を触りたくなかった。私にとってその犬、いや、町にいるすべての犬の持つ意味が変わったのだ。もはや抱きしめたいとか、目を合わせたい対象ではなかった。誰かが大切なものを失った証拠だと思うと、汚らわしくて鳥肌が立った。私の目の前にいる老婆と犬は、互いを映し合う残像、互いの意味を補充する存在だった。私とは何の関係もなかったし、永遠にそうであることを願った。あきれた。なぜ母は私の気持ちの変化に気づいてくれないのだろう。私がそんな思いにふけっているとき、おばあさんは宣告を下すかのように私を見て言った。

「犬を触ってみろ」

　おばあさんには前歯がなかった。

「そうね。触ってごらん」

　母はやや浮ついたような声を出し、おばあさんはよいしょと腰を上げて縁側に出てきた。明るいところで見るおばあさんはいっそう無様だった。とても小柄で、腰は曲がっていた。おばあさんは毛の履物をつっかけて庭に下り、母から受け取った紙袋を覗き込んだ。中にはスモモと石鹸と歯磨き粉――おばあさんは歯を磨くのだろうか？――などが入っていた。おばあさんはスモモを洗って、私と母に差し出した。おばあさんの手の中にあるスモモは、私の知っている果物とは全然違っていた。まるで独自の生命力を過剰に噴出しているように見え、私は絶対に食べたくないと思った。母は手のひらで縁側の埃をさっと拭うと、そこに座って自分の隣を手でコンコンと叩き、私にも座るように目配せした。そしておばあさんから受け取ったスモモにかぶりついた。私はスモモを握ったまま、中腰でおろおろしていた。

　考えてみると、そんな年老いた女性、もしくは年老いた人を近くで見たのは、そのときが初めてだった。母方の祖父母はもちろん、父方の祖父母に会うこともなかったからだ。正月［旧暦一月一日］

や秋夕《チュソク》［旧暦八月十五日の中秋節］には、父が一人でソウルにいる家族に会いに行き、母と私は留守番をした。小学校に上がる前、〝結婚式〟について知った私は、母に結婚式の写真を見せてほしいとせがんだことがあった。ドレスを着たところを見たかったからだ。母は話をはぐらかしてうまくその場を逃れたが、のちに私が小学二年生になった頃、実は結婚式を挙げなかったと正直に言った。「じゃあパパとママは結婚してないの？」。私はショックのあまりそう訊くと、世の中には結婚式を挙げていない夫婦もいるのだと母は答えた。「結婚式なんてどうでもいいのよ」。もう少し時が過ぎた頃、私は漠然と、両親は（陳腐な言い方で）「祝福されない結婚」をしたのだろうと察した。

　正月や秋夕になると、母は休暇を得たかのように家でごろごろし、私にはチャジャン麺の出前を取ってくれたり、食パンといちごジャム、即席麺などを食べさせた。その間は、ニュース以外のテレビ番組を観たいだけ観させてくれた。ときには夜遅くまでテレビの前に並んで座って、古い外国映画を観ることもあった。実際それは、私たちの活動のうち最も大事なことでもあった。母は連休が始まるなりテレビで放映する映画をチェックし、カレンダーにタイトルをメモした。そして毎晩おやつを用意し、電気を消して映画を観る準備をした。私は母の隣で映画に集中したが、最後まで観終えることはめったになかった。いつも途中でうとうと居眠りをし、いつのまにかぐっすり眠っていた。朝目を覚ますと、私と母はテレビの前で布団をかぶって寝ており、母のそばには――いつもなら絶対にありえないことだけど――食べかけのお菓子やジュースが散らかっていた。母がとりわけ好きな映画は『風と共に去りぬ』だった。母は私に、その映画には原作となる小説があるから、いつか小説を読んでみるのもいいと言った。「本当に素敵な小説なのよ」。

スカーレット・オハラとレット・バトラーがキスをするシーンになると、母は私に目を覆わせたが、それ以外に見てはいけない場面はなかった。

いつもなら食べられないものを思いきり食べ、母と「合法的に」夜遅くまでテレビを見て、部屋の中を散らかしてもいいという理由で、その休みが好きだったわけではない。連休の間、家の中には何とも言えない奇妙な雰囲気が漂っていた。小学生になった頃、わが家のように正月や秋夕を過ごす家はめずらしいことを知った。「どうしてうちは二人だけで過ごすの？」。私がこう訊くと、母はこう答えた。「二人だけで過ごすのは嫌？」。以来、私はもう二度とそんな質問をしなかった。「お正月と秋夕を二人で過ごすのも、寂しくはなかったわね」。病床の母がそう言ったとき、私はようやくわかるような気がした。当時、どうして母に奇妙で不明瞭な雰囲気が漂っていたのか、鋭い散漫とやわらかな没頭が交じったあの雰囲気は何だったのか。母は早くこの時間が過ぎてほしいと、早く父に帰ってきてほしいと願っていたのだ。

母自身はそれを認めようとしなかった。その態度は死ぬまで続いた。連休が終わる頃、父は両手に包みを抱えて帰ってきた。父は自分が持って帰ってきた食べ物や服など――私の新品の服も入っていた――を片づけている母に、両親――母の姑舅であり、私の祖父母――が君の安否を気遣っていたよと言ったが、母がそれに返事をすることはなかった。一度だけ母はこう答えた。

「そう言ってくれて嬉しいわ」

いずれにせよ、わが家は独特なやり方で連休を過ごしたので、私は祖母にも祖父にも会ったことがなかった。私がもう少し大きくなったとき、つまりその町を離れたあと、時々こんなことを考えた。母が私を隣の家に連れていったのは、おばあさんという存在を私に感じさせたかったからではないかと。明らかに飛躍なのだが、とりあえずそう思っておくことにした。おばあさん、つまり年老いた女性（男性でもよかったのだろうか？）を間近で見たいと思ったのは、そして話をしたかったのは、他でもない母自身だったかもしれないと。いや、やはりこの考えは間違っている。母が私をその家に連れていったのは、まぎれもなく犬のためだったからだ。私はおばあさんと母の期待――自分たちは子どもの切実な願いを叶えてやっているという――を裏切るわけにはいかなかった。おそらくこの世の中には、大胆にも誰かの期待を裏切る人もいるだろう。でも私はそんな人間ではない。その頃も、いまも、私は他人をがっかりさせたくなかった。私は我慢して犬をなでた。しばらく洗っていない脂ぎった犬の毛の感触と体温、匂いがそっくりそのまま伝わってきた。犬は〝ヌロンイ［黄色い毛の犬］〟というダサい名前だった。ヌロンイはなでられている間じゅう、舌を出して私を見上げていたが、私は顔を背けた。家に帰る途中、そのときもまだ手に持っていたスモモを、私はこっそり落とした。母は私の望みを叶えたという思いで上機嫌だった。

「どう？　うれしい？」

　私は首を横に振った。

「わからない」

「わからない？」

　望まない状況を避けるために、私は正直に言った。私はもう二度とあの家に行って犬を触ったり、おばあさんと話をしたり、おばあさんの差し出すものを食べたくないと言った。母は怪訝な顔で私を見た。

「どうして？」

　母にそう訊かれ、私は戸の隙間からがらくたの積まれた暗い部屋――まるで洞窟の中のような――が見えたことと、おばあさんの体臭を思い出した。実際に嗅いだのか？　もちろんそうだ。ただ、私がそのとき思い出したものとは違っていたはずだ。不可解で奇怪な感じや、熱い鍋の中でぐらぐらに沸いている紫色の粘液質のようなもの、この世界の時空間を通過したありとあらゆるものの特性がぎゅっと凝縮された匂いを、私は思い起こしていた。それは何かを喪失した代わりに犬を飼っている人たち、過去を葬るすべを持たない人たちに備わった、標識のようなものではないかと思った。そう思うと、町の入口で狭い未舗装道路を眺めるだけでも吐きそうになった。どの家にも禍がある。私はそれを説明する言葉を持ち合わせていなかったので、何も答えられずにいた。母もそれ以上、追及しなかった。

「いいわ。あんたの好きにしなさい」

　ただそう言った。以来、母がおばあさんの家に行くことはなかった。

　その家を何度か訪ねて行ったのはむしろ私の方だった。

　何度かという言い方は正しくない。頻繁に行った。時間が過ぎるにつれて、何かを喪失したのはおばあさんの方で、犬ではないと思いはじめた。気まぐれな自己欺瞞だ。でもそれはささやかな欺きだった。私は犬を触りたくなったので、母には内緒でその家の周りをほっつき歩いた。しかも以前より大胆になり、縁側の下に履物がなかったら、忍び足で近づいて犬を触った。そのうちさらに大胆になって、履物があってもなくても犬と一緒に過ごすようになった。それは私が小学校に上がってからも続いた。たぶんおばあさんは、私が犬と遊んでいることを知っていたと思う。また、私が自分との接触——他に言葉が見つからない——を避けていることも知っていたはずだ。

いつだったか——たしか私が小学校に入って間もなくの頃だった——犬に会いに行ったら、埃まみれの縁側に飴とチョコレート、キャラメルが置いてあった。縁側の下には毛の靴が並んでおり、部屋の戸は閉まっていた。私はきょとんとした。なぜここにこんなものが？　それらは当時、子どもたちがとても好きなお菓子だった。おばあさんがスーパーに行って買ってきたのだろうか。曲がった腰で、のろのろ歩いて？　十分にありえることだった。おばあさんは畑を耕したり、犬の世話をしていたから、それくらいの力はあったと思う。私はお菓子のそばに座った。背の低い私は、縁側に座ると足は地面に届かなかった。ヌロンイは好奇心に満ちた目で私を見ていたが、私が他のことに気を取られていることを知ると、足元に横たわった。私は足をぶらぶらさせながら、スーパーでお菓子を選んでお金を払っているおばあさんを想像した。皺だらけの肥った顔、真っ黒な爪。うっ。思わず私の口から呻き声が漏れた。これ、おばあさんが触ったんだ。でも包み紙があるから大丈夫だよね。それより、食べていいのかな。ママはあたしが他人の家のものを勝手に食べたって知ったら、何て言うかな。小さな泥棒。きっとそう呼ぶだろう。でも私はその甘いお菓子の前に屈服してしまった。一つだけならいいよね。すると、もうどうでもよくなった。私は棒付き飴の包み紙を剝がして、口の中に入れた。イチゴミルク味。初めは少しずつ舐めて溶かすつもりだったのに、甘さが舌の隅々にまで行きわたり、脳を完全に征服してしまうと、わずかに残っていた自制心すら失ってしまった。私は焦りはじめた。飴を嚙み砕いて食べたあとは、チョコレートにかぶりついた。そして最後にキャラメルの箱に手を伸ばしたとき、ようやく我に返った。これだけは残しておかなきゃ。理由はわからないけれどとっさにそうするべきだと、それが正しいことだと思った。

　翌日、学校からの帰り道に縁側を覗いたら、キャラメルの箱がそこにあった。そのつぎの日も、そのつぎの日も。おばあさんは私に全部食べてほしいと思ったのだ。私はキャラメルをポケットに入れて家に持って帰った。一週間後、縁側にはまた別のおやつ――パンと牛乳、動物の形をしたクラッカー――が置いてあった。私はあんぱんを食べ牛乳は飲んだが、クラッカーはそのままにしておいた。二日後、その家に行ってみると、クラッカーはそのままだった。私は今度もこっそり家に持ち帰り、母に大きな箱がほしいと言った。

「どのくらい大きな箱？」

「すっごく、すっごく、大きいの」

　私は母がくれた箱の中に、縁側のおやつを一つ入れた。そしてその箱を簞笥の奥深くに隠した。私は母にばれていないとばかり思っていたが、そうではなかった。のちに病床の母が訊ねた。「あれ、あんたが全部食べたの？　賞味期限が切れたのも捨てずに？」。私はただ笑った。そうだ。いまは弱った体で病に臥せっているけれど、この女性は否応なく私の母親なのだ。母は私のことなら何でも知りたがったし、できるかぎりそうしようと努めた。母はまたこう言った。「そうよね。

当然捨てたわよね」

　小学校に入った年の、春も終わりに近づいた頃、私は時々おばあさんの家に行って、縁側の下でうつ伏せている犬の背中に足をのせて、両親が入学祝いに買ってくれたピアニカを吹いた。ピアニカの音を聞いておばあさんが出てきたらどうしようと思ったが、心のどこかではそう願っていたのかもしれない。ああ、本当にそうだったのだろうか。本当におばあさんが出てきたらいいのにと思っただろうか。通りすがりの大人たちが時折、訝しげに覗いていった。私が挨拶をしたら、彼らはぎごちなく笑うだけだった。本を持っていって犬に読んで聞かせたときもあった。私のお気に入りの本は『まぬけなハンス』だった。馬鹿なことばかりしているハンスがお姫様に見初められる話だ。天気のいい日は、縁側に寝そべって眠ってしまった。ふと気づくと、犬が私の頬を舌で舐めていた。母は私がおばあさんの家に行っていることを知っていた。でなければ、縁側で眠ってしまった日、家で目を覚ますはずがないのだから。

　ただ、そこで眠ることはめったになかったし、たいていは座って目の前に広がる町を眺めた。私がなでると親しげに軽く吠えたり私の顔や腕を舐めるヌロンイを眺めるとき、また、鼻をくんくんさせながら町を徘徊する名前も知らないよその犬を眺めるとき、私は何とも言いいようのない気持ちになった。一方で、歩いているときに軒の低い家々や、壊れた塀と窓を修理しないで放ってある家を見かけたり、庭でにんにくやネギの手入れをしている女性たちを見かけると、胸がむかむかした。それは汚らわしいとか吐き気がするとか、疎ましいのとは違った性質のものだった。長い月日が経ったあとに、私は気づいた。犬や町の様子が喪失の証であることに無感覚になったのではなく、むしろそれらを喪失の証として完全に受け止めていたことに。

　おばあさんは私が小学校に上がった年の晩秋に亡くなった。一人暮らしだったので、死んでからもしばらく部屋に放置されていたらしい。気温が低かったので発見が遅れたのだ。遺体がしばらく放置されていたという話を聞いて、母は驚愕したはずだ。なぜなら私がおばあさんの家の縁側に座っていたとき、おばあさんはすでに亡くなっていたからだ。母はなおも私の前では平常心を保ってこう言った。「おばあちゃんに会えなくなって寂しいね」。母の言うことは間違っていた。私がおばあさんに会ったのは一回きりだ。私はおばあさんと接触するのを避けたし、おばあさんもそれを知っていた。だから私とおばあさんは何のつながりもなかった。

　翌日、私は休み時間に、教師の机に座っている担任の先生のところに行って、あの言葉――「気温が低かったので発見が遅れた」という――の意味を訊ねた。先生は赴任してきたばかりの若い男性だった。二十代後半ぐらいの。先生は私の質問に一瞬ギクッとしていたが、正直に答えてくれた。人は死ぬと腐りはじめ、匂いがするのだと。でも気温が低ければ低いほど、ゆっくり腐るのだと。「それを〝腐敗〟っていうんだよ。人間はみんな腐敗するんだ」。いま思うと、先生は無神論者だったのではないか。どこにでもいる無神論者ではなくて〝正真正銘〟の無神論者。この世の真実を伝播するためにはいかなる妥協もしない、譲歩もしない、と毎朝鏡を見て誓う無神論者。彼はたかが六歳の子どもにも、この世の真実を教えなければならないという義務感に駆られ、決して引き下がろうとしなかった。「人間が腐るのは、自然に還るためなんだ。自然の一部だった人間が、自然の一部に還るんだ」。私はしばらく先生の顔をじっと見つめた。彼は困った顔をしていたが、すぐに断固として言った。「先生の言うこと、わかるね？」。私はしょんぼりして自分の席に戻った。腐敗、自然、還る——自信満々（もしくは、そうしようと努めた）で野心に満ちた無神論者の説明を、驚いたことに私はすんなり受け入れてしまった。先生の言葉は唾や汗のような、人間の身体から噴出される液体を思わせたが、一方で、境界が崩れた滑らかな皮の表面をも想起させた。境界が崩れる。そうだ。おばあさんだけじゃなくて、人はみんな死んだあと自然に還るなら、自然はつねに死を含んでいることになる。私はその恐怖を誰にも——母にさえ——言えなかった。なぜだろう。私はそれまで一度も感じたことのない寂しさと孤立感を覚え、そんなことを言った無神論者の先生を、長い月日が過ぎたあとも心から憎んだ。

おばあさんの遺体がどのように処理されたのかは知るよしもないが、母と父が話していた内容は記憶している。父は私が葬式に行ってもいいと軽く言ったが、母は絶対にだめだと反対した。両親は葬式の意味について説明してくれなかった。人が死んだあと行う儀式だということは知っていたが、それがどのように行われるのか、どんな意味があるのか、何一つわからなかった。無神論者の先生ならどう説明するだろう。いずれにせよ、私は葬式に行きたくなかった。おばあさんのことを思い出すのが嫌だった。それはとても危険だと思ったからだ。ヌロンイのことは気になったけれど、私はおばあさんの家に近づこうともしなかった。なのに家で食事をしているときや、音楽の時間にオルガンの伴奏に合わせて歌を歌っているとき、布団に入ったときに、いきなりおばあさんのことを思い出すときがあった。何の前触れもなく、相変わらず濁った目と、皺だらけの顔が、目の前に浮かび上がった。幻のように浮かび上がったその映像は、私をおばあさんが生きていた時間に連れ戻した。ヌロンイと縁側に座っていた私は、おばあさんの部屋の戸を開ける。部屋の中は真っ暗だ。背を向けて座っているおばあさんがゆっくりと振り返る。おばあさんがどんな顔をして私を見るのか、想像するだけで怖くなる。それは私が白昼夢から覚める瞬間だった。おばあさんの葬式も終わってしばらく経った頃、訊いてもいないのに母がヌロンイのことを教えてくれた。「ヌロンイは行っちゃった」。どこに？　どこに行ったの？　私は母の曖昧な言い方に腹が立った。でもその漠然とした言葉の奥を、自ら掘り返して暴きたいとも思わなかった。包装して投げる。大人たちのやり方は卑怯だった。でも私は母を憎まなかったし、弱気にもならなかった。そんな卑怯な行為にも、悲しいけれど滑稽な一面があったし、母がなぜそんなやり方をしたのか、何となくわかるような気がしたからだった。

　おばあさんが死んだ年の冬休みのある日、私は昼寝中の母に気づかれないように、コートを着てマフラーをし、毛帽子をかぶり手袋をはめた。そして、箪笥の奥深くにしまってあった大きな箱を取り出した。私はいろいろな風船ガムと飴、ゼリーとキャラメル、そしてカビの生えたパンの入った箱を持って、庭に面した引き戸をそっと開けた。外は雪が降っていた。足跡のついていない庭は、まるで真っ白なラグを敷いたように見えた。宙で渦を巻いている雪片は、白いラグの上にふんわりと舞い降り、溶けていった。

　雪は降るときに音がしない。

　ああ、そうだ。雪は降るときに音がしない。両手で箱を持って雪の降る光景を眺めていた私は、はっと我に返った。ゆっくりと引き戸を閉め、毛のブーツを履いた。門の外に出たあとは、箱が濡れないように両手でしっかりと抱きしめたが、雪は箱の表面に少しずつ染みた。滑るといけないので——私が転んだら、いろいろな意味で母が大騒ぎをするのは目に見えている——私はおばあさんの家まで慎重に歩いていった。おばあさんの死後、初めて歩く道。以前はしょっちゅう歩いたのに、いまやまったく違う意味を持つものになってしまった。私はその道によって、漠然とだが世界の気配を読み取り、私自身、その世界の構成員であることを実感した。

おばあさんの（いや、死んだおばあさんの）家まで来たとき、私の鼻と頬は痛いほど凍りついていた。手袋をはめた手も冷たかった。縁側にも犬小屋の屋根にも、やはり雪がこんもりと積もっていた。もうヌロンイはいない。私はなるべく思い出さないように努めながら、縁側の方へ歩いていった。そのとき、雪を踏むたびにキュッキュッと音がするのに気づいた。一度その音を意識しはじめると、私は自分をずっと苦しめてきたもの——この世界の険悪さ、不吉さなど——から解放された。自分の存在を現実のものとして感じることができたし、なおも足で地を踏みしめているのを実感した。雪は音を立てずに降るけれど、私が踏むと音がした。そのため、私はやわらかいものの上を歩いているような気分になった。おばあさんの部屋の戸は固く閉まっていた。その前で私は死の気配を感じただろうか。それとも、戸を開けるとおばあさんがいるはずだと、わざとそんな勘違いをしたかったのだろうか。私はブーツを脱がずに縁側に上がり、手袋を外した手で引き手を押さえたまま、しばらく立ち尽くしていた。何をどうしたかったのか。

しばらくして私は引き手から手を離し、手袋をはめた。そして持っていた箱を下ろして蓋を開けた。ガムと飴、キャラメルなどのお菓子――おばあさんが私のために用意してくれた――を一つずつ取り出し、縁側に一列に並べた。ていねいに、包み紙の色に合わせて置きながら、あたかも私に課された至上命令のように。並べ終えると庭に下りて、少し離れたところから縁側の上を眺めた。それらはまるで一定の符号――受信者が決まっている信号――のように見えたので、私はほっと安心した。

　手袋のほつれたところから冷たい風が染みてきて手がかじかんだけれど、家に帰るまでポケットに手を入れなかった。頰に冷たい雪を感じながら歩いている途中、もうだいぶ遠ざかったかなと思い、後ろを振り返ってみた。おばあさんの家はすでに私の視野にはなく、何も見えなかった。

　私が母に内緒でおばあさんの家に行くようになって一年が過ぎた頃、母と父が口げんかをしたことがあった。私がおばあさんの葬式に行くべきだったかどうかをめぐって。もう過ぎてしまったことなのに、二人はそのことで喧嘩した。母は、私にとって初めて悼む死が赤の他人のものであってほしくないと言った。母の言っている意味もよくわからなかったが、それにもまして父の返事に私は大きなショックを受けた。父は母にこう言った。

「それなら、誰の死だったらいいんだ？　君の死か？」

　その後、私はその日のことをすっかり忘れていたが、母が亡くなったときに思い出した。父の言ったことは正しかった。私は母が亡くなるまで、身近な人の死を悼んだことが一度もなかった。なぜなら、私には母しかいなかったからだ。ああ、人間が成長するには、どれだけの哀悼が必要なのだろう。私と同年代――三十代半ば――の人たちは、平均してどのくらい身近な人の死を経験したのか。彼らはどのようにその死を悼んだのか。

　ふと、あるシーンが頭に浮かんだ。母と一緒にソウルの家で『風と共に去りぬ』を観た日。私が中学二年のときで、秋夕の連休だった。以前ほどテレビで放映しなくなったからでもあるけれど、ソウルに引っ越してからは心の余裕もなくて、母はしばらく『風と共に去りぬ』から遠ざかっていた。その晩、新聞のテレビ番組表でそのタイトルを見つけた母は、リビングの電気を消し、狭くて古いファブリック素材のソファに座って映画が始まるのを待った。私は母の隣に座った。連休後に中間試験が控えていたが、最後まで母と一緒に観ようと思った。少なくとも途中で眠ったりはしないだろう。ところがその映画を観ながら、私は妙な気分になった。母はいったいなぜこの映画が好きなのか。母とスカーレット・オハラはまったく違うタイプの女性だった。私の知っているかぎり、母の人生はスカーレットほどダイナミックではなかった。単にそういう理由にとどまらず、二人の生き方はまったく違っていた。もし私がスカーレットのような生き方――煌びやかで、つんと澄まし、他人と揉め事を起こす――をしたいと言ったら、母はきっと反対するだろう。映画の後半に出てくる、スカーレットの娘が馬から落ちて死ぬシーンで、私はひやりとした。何かものすごい過ちでも犯したかのように。兄。そう、私が生まれる前に死んだ兄を思い出したのだ。私はちらっと母の方を見やった。母にはいかなる心の動揺も感じられなかった。ただの**平凡な**観客だった。私は立ち上がり、こっそり自分の部屋に戻った。

　机の上には開いたままの数学の問題集があった。方程式とピタゴラス、有理数と無理数……。それが私の世界だった。私の世界の中に、思いもよらぬ方法で、兄の痕跡が侵入してくるときがあった。私が生まれる前に死んだ兄。もちろん、いつも彼の存在を意識していたわけではない。むしろ、気づくと言った方がいいかもしれない。何の前触れもなく自分の存在に気づくときがあるように、私は予告もなしに兄の存在に気づいたものだ。そしてそのような気づきが私自身を不快にさせるものだとすると、兄の存在に気づくことにはいつも少しの不愉快さが含まれていた。その日の晩、リビングから聞こえてくる映画の台詞を無視して数学の問題を解こうとしながら、私はとても久しぶりにヌロンイのことを思い出した。そして、その町の犬たち、その町の狭い道と低い屋根を、思い出した。私はその日、こう思ったかもしれない。自分は母にとって、ある意味〝ヌロンイ〟のような存在ではないかと。私は兄の身代わりに過ぎない、だから母は犬を必要としなかったのだと。

　もちろん、いまは違う。この世にはそんな話――自分の子どもが死ぬ話――が多すぎる。それどころか、その子がなぜ死ななければならなかったのか、わからない場合だってある。この世を生きていくためには、母も否応なくそんな話に慣れなければならなかったはずだ。そうでなければ、この人生に、この世に、耐えられなかっただろうから。

　年が明け、夫は以前にまして忙しくなった。朝起きてスクラップをする回数も減った。新しく重要な役職に就いたというが、それが何なのかくわしく教えてくれなかったし、私もとりたてて訊こうとしなかった。母は生前、男が寡黙であることに不満を持つなとよく言っていた。「百パーセント満足するなんて無理なのよ。あんたは幸せな方よ。その幸せを壊しちゃだめ」

夫は毎朝、念入りにひげを剃り、ぴしっと身なりを整えて出勤した。私にも計画があった。冬休みの間に、『ステキなしきもの』という日本の絵本を翻訳するつもりだった。夫が仕事に行ったあと、私は書斎に入って表紙に描かれている、赤い帽子をかぶって二本足で立ち、前足を広げている大きなクマをじっと見つめた。大きなクマは誰かを歓迎しているのか。それとも誰かを追い払っているところなのか。なかなか仕事に集中できないときは、翻訳をする代わりに夫のスクラップブックを見た。ときにはスクラップブックを広げたまま、幼い頃に住んでいた小さな町のことを考えたりもした。ただ不思議なことに、その町を離れたあと、たとえ病床の母があれこれ昔の思い出話をしているときでも、私が自分の力で思い出せるものはほとんどなかった。もちろん、その頃の自分と完全に断絶していたわけではない（過去と完全に断絶する人なんているだろうか）。むしろ、その町で過ごした時間は私の人生に影響を及ぼしていた。でもその影響力は、経験の些細な項目と関連のあるものではなかった。それはむしろひとくくりにされた個人の考えが、こっそり体の一部分をさらけ出す感情と似ていた。たとえば、母と離婚した父が私たちのもとを去ったとき、私は俗に言う、癒えない傷を負ったわけではなかった。当時、私が感じたものはまったく別ものだった。罪悪感。そう、私は罪悪感を覚えた。それは——こんなに悲壮感を漂わせてもいいのだろうか——私の血液の中に入って、体の中を無作為に注視しているみたいだった。

　母が亡くなる前に、このことについて率直に打ち明けたことがあった。そのとき母は病室のベッドにもたれて座っていた。患者衣の上に私がプレゼントしたカシミヤのカーディガンを羽織って。母は歳を取っても、いつも髪の毛を鎖骨の辺りまで伸ばしていた。一度もショートにしたりパーマをかけたりしたことがなかった。のちに抗がん剤治療で髪の毛がごっそり抜けたときも、帽子やマフラーで露わになった肌を隠そうとはしなかった。私は母に、私のせいで両親が離婚したのかと思うと申し訳なかったと、そのためいつも罪悪感を抱いていたと話した。母は驚いた様子だった。私が罪悪感を抱いていたと言ったからではないと思う。そんな話を私が持ち出したことに驚いたのだ。私は母の顔を見ながら、その話を持ち出したのは母に訊きたいことがあったからだと気づいた。

　母は何か言いたそうに何度も口を動かしていたが、やがてこう言った。「私はね、あんたが幸せになってくれたらそれでいいのよ」。母からどんな答えを望んでいたのか自分でもよくわからないが、少なくともそんな言葉ではなかった。結婚前に、私が今後暮らすことになるマンションを見たときも、母は似たようなことを言った。まだ家具もなかったので、部屋の中はがらんとしていた。母はベランダを拡張した窓から遠くに流れる漢江《ハンガン》を見て、ほっとしたかのようにため息まじりに言った。「これで安心だわ」。どういうことかと訊ねると、こう答えた。「あんたの人生に安心したの」

　あんたの人生。

　あんたの幸せ。

　あんたの安全。

　そんなとき、私は針で十本の指を刺されたような気分になった。ほんの一滴の血が出るくらいの微々たる痛みでも、そんな煩わしくて嫌な痛みのあとに必ず呼び起こされる感情があった。そうやって過去――その町で過ごした時間――が私に影響力を及ぼした。

　ところが、忘年会に行ったあと何かが変わった。私は否応なしにその頃に連れ戻された。それは決して私が望んだことではなかった。不意に頭に浮かぶ些細なことがすべて記憶の種になりえた。雷管に誤って触れた愚かな兵士のように、私はなすすべを失った。途方に暮れた私は真夜中に夫を起こし、父に会うつもりだと言った。私と夫はそれについて一度も真剣に話し合ったことがなかった。夫は、私がわがままを言ったぐらいに思っているようだった（どうして私がわがままを言う必要があるのか）。私は父の話をしてはいけないのか。なぜ私は一度も父に連絡を取らなかったのか。ただ衝動的にそう言っただけなのか。ある日、書斎でスクラップブックを見ながら、幼い頃の記憶の中でさまよっていた私は、ふと夫の言ったことを思い出した。「君は絶対に後悔する」。でも、私に後悔するようなことがあるのか。私がなぜ後悔しなければならないのか。

　忘年会に行ってからひと月ほど過ぎた頃、書斎の大きな机に座って翻訳の原稿を見ながら――本当は仕事に集中できないから、スクラップブックを広げていたのだけれど――私はこのような結論に至った。父に会うのをこれ以上延ばしてはならないと。父に会って絶対に許さないと公言しなければならないと。不思議だった。一度そう思うと、あとは淀みなかった。ずっと後まわしにしていたのが信じられないほど。私はスクラップブックを閉じ、父に電話をかけた。しかし、すべて私の思いどおりになるわけではなかった。父とはなかなか電話がつながらなかった。初めは単なる偶然だと思っていたが、そのうち、父はわざと私の電話を避けているのではないかと思い始めた。

父と連絡がつかないまま一週間ほど経ったある日、書斎の机で『ステキなしきもの』の表紙に描かれた大きなクマを見ているとき、私はふと母に罪悪感について打ち明けた日のことを思い出した。私は母からどんな言葉を聞きたかったのか。おそらく「あんたのせいじゃないのよ」と言ってほしかったのだろう。それに気づいた私は急に焦りだした。いますぐ何かをしなければ。いますぐ。私はコートを着て、外に飛び出した。公衆電話を探すつもりだった。父が私の電話を拒んでいるのなら、父の知らない電話を使えばいい。初めはマンションの敷地内を少し歩けばすぐに見つかると思っていたが、いくら歩いても電話は見当たらなかった。私は足の向くままにあてもなく歩き続けた。鼻の先が赤くなり、頬が凍りつくほど歩いた頃、地下鉄駅の近くで公衆電話ボックスを見つけた。

　ボックスの中には煙草の吸殻やジュースの缶が捨てられており、受話器はべとべとしていた。私は手をコートの袖の中に隠して受話器を取り、銅貨を入れて父に電話をかけた。幸いにも電話は壊れていなかった。鼻をすすりながら受話器の向こうの呼び出し音を聞いているとき、突然、父の声が聞こえてきたので、私はびっくりして受話器を置きそうになった。父は一瞬、相手が誰なのかわからない様子だったが、私だということに気づいて慌てていた。こんな状況になるとは夢にも思わなかったのだろう。

　私は父に会いたいと言った。

　べつに切羽詰まっているわけではなかったが——なぜ私が切羽詰まらなければならないのか。私は裁判官であって囚人ではないのだ——そう思われるのではないかと危惧した。私は父に、いますぐ返事をしなくてもいいから、あとで連絡してほしいと言った。受話器を置いたあとも、私は電話の前でぼんやり突っ立っていた。どうってことないと思っていたけれど、父が何と答えたのかすら思い出せなかった。あとで連絡すると言ったのか。それともうやむやにしたのか。

　誰かが苛立ったように公衆電話ボックスを叩いた。振り返ると、十代後半ぐらいの女の子が膨れっ面で立っていた。この廃れた電話を使う人が他にいるなんて夢にも思わなかったので、私はびっくりした。謝りながら急いでそこを離れた。女の子は制服姿で――冬休みはもう終わったのだろうか――コートは着ていなかった。スカートから肌色のストッキングをはいたふくらはぎが見えた。それからバックルに華やかな飾りのついた、メリージェーンのフラットシューズを履いていた。私が高校生の頃は禁じられていた靴だった。黒のパンプスと運動靴、私たちに許されていたのはそれだけだった。もちろん、こっそり履いていた子もいた。でも私は、一度もそんな部類に入ったことがなかった。履こうと思ったことすらなかった。

　周りの子たちは私のことを「じいさん」と呼んだ。悪意があったわけではない。ただ冗談半分にそう呼んでいた。高校一年生だったか修学旅行で雪岳山《ソラクサン》に行ったとき、明け方みんなで宿所――一部屋に二十五人も詰め込んだ、あのおぞましい宿所！――に集まって電気を消したあと、外から洩れてくる微かな明かりを頼りに、それぞれ隠し持ってきた酒を飲んだ。クラスメートが私にもしつこく勧めたけれど、私は一滴も飲まなかった。「じいさんだから」。誰かが笑いながらそう言った。ふと思った。もし私があんな華やかな靴がほしいと母に言ったら、母は何と言っただろう。買ってくれただろうか。私が小さい頃に家族みんなで外出するとき、母はいつも華やかな黄色のシフォンワンピースを着て、ハイヒールを履いていた。それは母が若い頃――つまり、私が決して知ることのない頃――好んで身につけていたものの一つだったに違いない。あの町に住んでいた頃、私は母の箪笥の中に入っている服や、靴がとても好きだった。あ、好きだったという言葉では物足りない。それらの服と靴は、持っているだけでも母を特別な人にし、私が母を誇らしく思う理由の一つになった。私たちがあの町を離れるとき、引っ越しの荷物の中に入っていた。ところが引っ越しの前の晩、母は荷物の中から服と靴を取り出してしばらく見ていた。私はそんな母の後ろ姿を眺めた。それから母は、それらを持って外に出た。家に戻ってきたときの母の手には何もなかった。

私は公衆電話ボックスの外から、女の子の靴をもう一度見た。その子は不愉快そうに小さな声で罵声を吐いた。私は振り返って、早足で歩き始めた。

父から電話がかかってきたのは十日後のことだった。父は、いま慶州《キョンジュ》で暮らしていて、二月の中旬にソウルに行く予定があると言った。「行くついでに、おまえに会おうと思う」。わざわざ私に会いにくるのではないと念を押しているようだった。父と会う約束をした日の夜、私は鏡台の前で髪を梳きながら、鏡に映った夫の姿を――彼は何か考え込むようにiPadを見ていた――見た。

「私、お父さんと会うことにしたわ」

私がそう言うと、夫はiPadから目を離さずに素っ気なく答えた。

「よかったな」

それからまた言った。

「絶対に後悔するよ」

ひょっとして夫は、自分に厄介なことが降りかかりはしないかと心配しているのだろうか。私は振り返り、夫の顔を見て言った。

「あなたも一緒に行かない？　義理のお父さんなのに、一度もちゃんと会ったことないじゃない」

どうしてそんなことを言ってしまったのだろう。夫はやはりiPadから目を離さずに答えた。

「さあ。時間があるかな」

iPadに視線を向けたまま、自分とは何の関係もありませんという態度。つれない口調。

「時間を作ってよ」

夫はようやく顔を上げて私を見た。思いもよらぬ純粋な驚きが彼の顔に浮かんだかと思うと、すぐに消えた。夫が言った。

「君はこの頃、ちょっとおかしいよ」

単純で陳腐な夫の不平不満が私の核心を突いたことに、また、適当に投げた矢が的を射ることもあるのだということに、私は驚き、同時に不快感を抱いた。私は父に、一緒に夕食をしたいと言った。父と食事だなんてまっぴらだったが、父も望んでいないと思ったからそう言ったのだった。夫に一緒に行こうと言ったのも同じ脈絡からだ。相手を居心地悪くさせるために、私自身が甘んじてその居心地の悪さを受け入れる。このような衝動的で非合理的なやり方は、まったく私らしくなかった。でもそうせずにはいられなかった。

都心にあるイタリアンレストランで父に会う約束をした日、私は朝から慌ただしかった。藍色のウールワンピースとキャメルのカシミヤコートを着たあと、美容院に行くべきか迷ったが、そこまでする必要はないと思い留まった。ドライヤーで髪を乾かし、ヘアロールで巻いた。自分がお粗末なドラマのヒロインの真似事をしているのは承知していた。にもかかわらず、どれも私にとっては大事なことだった。

その日の夜、私たちが家を出ると間もなくして雪が降り始めた。夫はすぐに止むだろうと言った。「天気予報で雪が降るなんて言っていなかったよ」。ところが雪は一向に降り止まなかった。硬い雪片。幸いにも地上に着くなり、跡形もなく溶けた。幹線道路を走って市内に出ると、道路は渋滞していた。私たちの車は道路の真ん中で立ち往生してしまった。

「交通事故があったようだな」

夫がつっけんどんに言った。もし約束の時間に遅れても、それは自分のせいじゃないと釘を刺しているのだろう。私は時計を見た。約束の時間まであと十五分だ。このままでは遅れてしまう。

「私、降りて地下鉄で行くから」

夫があきれたように私を見た。

「少しぐらい遅れたって構わないじゃないか。何の問題もないよ。なんでそんなに大騒ぎするのさ」

何の問題もない？　私は夫が言ったことに腹が立った。私は二十年ぶりに父に、私と母を捨てた父に会いに行くところなのだ。ほんの少しでも弱みを見せて、裁判官としての私の立ち位置に打撃を与えたくなかった。

私は道路の真ん中で車を降りた。

「おい」

私は夫に助手席の窓を開けさせ、こう言った。

「先に行ってるから。遅れても必ず来て」

夫は何やら大声で叫んだが、私は無視して往復三車線の道路を早足で横切った。ハイヒールのブーツが雪で滑ってはいけないと、足の指に力を込めて歩いた。雪片が髪と顔に触れるなり、水滴に変わるのが感じられた。地下鉄の駅に入ったとき、私はようやくほっとした。転ばなかったから。体に痣ができなかったから。私は立ち止まって、頭や肩に積もった雪を払いのけた。通りすがりの人と何度か肩がぶつかった。頭に残っていた雪が溶けて額に垂れた。手の甲で額を拭っていると、急に痛烈な後悔の念が襲ってきた。何に対する後悔？　私はなぜ父に会うのだろう。

地下鉄の中はとても混雑していた。私は手すりにつかまってバランスを保った。私の前に座っていた年老いた女性が話しかけてきた。

「奥さん、だいじょうぶ？」

私はそのとき、自分が息を切らしているのに気づいた。その声に、女性の隣に座っている私に何の関心もない人たちが、じろりと私を見た。私はだいじょうぶだと言い、前の車両に移った。

私は約束の店に二十分遅れて到着した。店はビルの高層階にあり、エレベーターに乗らなければならなかった。エレベーターの中で私は手鏡を取り出して、化粧と髪をチェックし、口紅を塗り直した。

「おまえが来ないから、先に注文しようか、それとも店を出ようか迷っていたところだ」

父は分厚いダウンジャケットを着たままで、私を見るなりそう言った。わざとらしい口調、気まずい雰囲気。当然だろう。父も緊張しているのだ。父はしばらく私から目を離さなかった。あたかも私の顔から何かを読み取ろうとするかのように。

「雪のせいでしかたなかったんです。途中で夫の車を降りて、地下鉄で来たんだけど」

「そうか」

会話はそこで途切れた。漠然と予想していた、刺々しい感情のぶつかり合いはなかった。父と私の関係は疎遠で途絶えてしまっていたから、そんな衝突さえありえないことだった。窓の外には、雪の降る都心の風景が広がっていた。父はそれを眺めていた。しばらくして店員がやってきて、父と私のコートをハンガーに掛けてくれた。料理が運ばれてくると、私たちはただ食事をするために会ったかのように夢中で食べた。オリーブオイルと食膳のパン、冷たい蠣スープとカルパッチョ……。私は急に顔がほてった。家にある一番高価な服を着て、父と二人で上品な店でもてなしを受けながら食事をしている、父にとっては慣れない料理を、私ですら名前もよくわからない料理を食べている……私がそんなことを考えているとき、父が口を開いた。

「元気そうだな」

父はナプキンで口元を拭いてから、テーブルに置いた。もう演技をしているようにも、居心地が悪そうにも見えなかった。私もそう見えないように願いながら答えた。

「母に会ってたって聞いて驚きました。母は一度も……」――私はつぎの言葉を発するまで、少し時間がかかった――「お父さんのことを話さなかったから」

「お母さんもおまえの話はほとんどしなかったよ」

私を傷つけたいのだろうか。父は色褪せた緑のセーターの中に、チェックのシャツを着ていた。髪はすっかり白くなっていた。小さい頃に見た父の顔ははっきり覚えていなかったが――母の持っていたアルバムには、父と一緒に撮った写真は一枚も残っていなかったから――心ならずも懐かしさのようなものを感じ、苦々しい気持ちになった。

「お父さんは写真を全部持っていったんでしょ？」

「何だって？」

父は困惑しているようだった。

「母が言ってたの。お父さんの写った写真は、全部持っていったって。私たち三人が写っているのも」

父はしばらく何も言わなかった。言葉を選んでいるようにも見えた。

「私はおまえが会いたいと言うから来たんだ。そんな話は聞きたくないな」

「非難めいたことは聞きたくないってこと？　私に咎められるなんて、思ってもみなかったのね」

「私がなぜおまえに咎められなきゃならないんだ」

父が激昂した声で言った。逆ギレ？　私は固唾を呑んだ。

「連絡したのは三回だけだ。会ったのは二回。もう一回は電話で話した」

父は冷静を装いながら言った。今度は私が訊ねた。

「何ですって？」

父は私の目を見ずに話を続けた。

「会って楽しくもなかった。おまえが結婚したことは電話で聞いたよ」

「いい人と結婚したそうじゃないか。よかった。心からそう思ったよ」

「私の結婚式は完璧だったわ。何の問題もなかった」

私は目の前のタルタルをスプーンですくって口に入れ、噛みながら言った。

「なぜ私に連絡してきた。何が知りたいんだ？」

「だったらお父さんは、お母さんのお葬式のあと、どうして私に何度も連絡してきたのよ」

「おまえは私の話など聞きたくないと言っていただろ」

父はそう言ってフォークとナイフを皿の上に置き、前に押しのけた。これ以上食べないと態度で示していた。父は大きくため息をついてから、また口を開いた。

「私は十年前に再婚した。いまの妻と前の夫との間に子どもが二人、私たちの間にも子どもが一人いる」

父はそこまで話すと、私の顔を見た。私は父がなぜそんなことを言うのかわからないので、返事に窮した。いまの妻？　子どもたち？　なぜそんな話をするの？

「お幸せなのね」

父はナプキンでごしごし口を拭いた。そのあと吐き出すように言った。

「妻によると、真の幸せは神を信じることで得られるらしい」

「それを信じてるの？」

父の話し方が少し穏やかになった。

「どうだか。ただ……日曜日には一緒に教会に行く」

母も私も宗教を持たなかった。母は闘病中にも神に祈りを捧げなかった。母はこう言った。「そんな必要がある？」

「人は死んだら天国に行くと思ってるの？」

「うまく説明できないが、そうだろうな」

「地獄に落ちる人もいるけど」

父は訝しげな面持ちで、腕組みをして私を見た。

「お父さんは教会に通ってるから、きっと天国に行くんでしょう。私は地獄に行くのかしら。お母さんもたぶん地獄に行ってるわね」

「おまえとそんな話はしたくない」

私は父をもっと不快にさせたかった。父を懲らしめてやりたかった。

「以前、私たちが暮らしていた町は、火事で大勢の人が死んだんでしょ？　その人たちはどうなったのかしら」

父は私をじっと見つめた。今度は不意に一撃を受けたような顔つきで。私はちょっと得意な気持ちになった。父が言った。

「どういうことだ」

「私が生まれる前に火事があったって」

「誰がそんなことを」

「お母さんが」

「お母さんが？」

「お兄ちゃんがその火事で死んだって」

「お母さんがそう言ったのか？」

私は声を荒らげて答えた。

「ええ、そうよ。お父さんだって知ってるくせに」

父は私の目を見た。先に目を逸らしたくなかったので、私も父をじっと見つめた。やがて父が口を開いた。

「火事だって？　火事なんか起こっていない」

父はその言葉をもう一度繰り返した。

「本当だ。火事なんかなかった」

まるで自分が裁判官にでもなって母の罪を暴かんとばかりに、父は終止符を打った。

「お母さんはおまえに嘘をついたんだ」

四　交換

私たちが暮らしていた町をずっと奥に入っていくと、人家がほとんどないところに出て、広い松林が見えてくる。立派な松の木がおそらく百本余り植わっていたと思う。松の木がそれだけ成長するにはどれだけの時間が必要だろう。いまでも想像がつかない。そこは町の人たちが足を踏み入れる場所ではなかったのでふだんは人気《ひとけ》がなかったが、時折、騒がしくなるときがあった。掘削機がやってきて松の木を切り倒す日だ。小さい頃は、わが家のすぐそばにある橋が町と外部をつなぐ唯一の通路だと思っていたけれど、実際はそうではなかった。なぜなら、掘削機がその小さな橋を渡るのは無理だったからだ。でも当時の私たち――つまり私と、私と同じ年頃の子たち――にとって、掘削機がどこから来て、どこに行くかなどどうでもよかった。一番の関心事は掘削機が松の木を引き抜くことだった。私たち子どもは松の木に持ち主がいるなんて知らなかったし、ましてや木が売買の対象になるとは考えたこともなかった。木が自分の生まれた地を離れる理由についても、知ろうとしなかった。何より私たちを興奮させたのは、見た目は堅固な土地がいともあっさりと掘り返されることや、それが思いのほか脆弱かもしれないということだった。

私の背より何倍も高い松の木が根こそぎ引き抜かれ、縄で縛られて掘削機にぶら下がるのを見るたびに、私は訳もなく身が縮こまった。

　人夫たちは私たちに近寄るなと大声で叫んだが、おとなしく言うことを聞く子どもはいなかった。私もそうだった。当時、私には友達と呼べる子がいなかったけれど、松の木を引き抜く日だけは違った。私たちは松の木を抜いたあとにできた穴を見て、歓声をあげた。中でも私が一番大きな声を出した。周りの子たちの声に埋もれないように、ありったけの力を振り絞って。私の声でみんなの声を消してしまいたいと思いながら。私が誰とも隔てなく仲良くするのはそのときぐらいだった。

　友達がいないのはべつに寂しいことではなかった。当時の私は一緒に遊んだり話をしたりするのに、母とヌロンイがいれば十分だった。そうやって自分を正当化していたのかもしれないが――いまもそう思っている――それが真実より優位に立つときがあった。まさしく真実に勝利する瞬間。かといって、小学生になったら新しい友達ができるかもしれないという期待がまったくなかったと言えば嘘になる。

　私の通った小学校は、その町から三十分ほど歩いたところにあった。そこが最も近い小学校だった。その町で同じ年に小学校に上がったのは、私を含めて三人だった。他にも三年生の女の子が二人、六年生の男の子が一人いた。私以外の二人は歩いて登下校をした。ときには、三年生と六年生も一緒に。私もみんなと一緒に登下校をしたかった。そしたら買取り業者の話や、市内で外食したとき私が食べたもの、隣の家の犬について話をすることができたのに。でもそんなことは起こらなかった。

　私は母と一緒に登下校した。母は毎朝バスの時刻表を確かめてから、私を連れて停留所に向かった。しばらくするとバスが到着する。後日、私は思った。学校に行くバスの時刻はいつも確かめる母が、ひと月に一回、家族で買取り業者のところに行くときのバスの時刻はなぜ確認しなかったのだろうと。一度母に訊ねてみたことがある。答えは思いのほかシンプルだった。「買取り業者のところに行くときは、べつに慌てなくてもよかったしね。それに、三人でバスを待つ時間がとても楽しかったのよ」

　最後に買取り業者のところに行ったのは、隣の家のおばあさんが亡くなってひと月ほど経った頃だった。まだ本格的に寒くなる前だった。私たちはいつものようにバスに乗って買取り業者のところに行き、そしていつものように、まるで私に特権でも与えるかのように、父が「そこに上がってごらん」と言って秤を指さした。私はその草色の鉄板に上がりたくなかった。私は日に日に成長していた。それを証明してみせると、両親も買取り業者も喜んでくれた。私も手っ取り早い方法で――つまり、秤に上がるだけで――彼らの喜びの対象になること、それによって得る満足感をあっさり手放したくなかった。なのにその日、私は初めてこんなことを思った。もう秤には上がりたくない。ためらっている私に父が「どうしたんだ？」と訊いたとき、私は思わず泣きだしてしまった。なぜ？　怖かったから？　怖かったのなら、どんな？　いま思うと、私の身体は自分だけのものだということに対する恐れだった。そこに記された数字は私のものだった。その数字は私がどんなに拒んでも変わらない世界を認識する方法――私が努力をしなくても時間はある方向に流れていくということ——を見せていた。それこそ数字が増加する本当の理由だった。それに対し、私は疑問を抱いた。なぜ大人たちはそんなにも無知なのか。なぜ彼らはそんな秘密に気づかないのか。なぜ彼らは満足そうに見て微笑むのだろうか。

その日、帰りのバスの中で、母はずっと私が泣いた理由について訊ねた。私は答えに困ったので、こう言った（それ以来、私がこの世界に対応していく方法の一つになったと思う。つまり、事態を包括する方法）。「もうあそこには行きたくない」。しかし、本当にそう望んでいたわけではなかった。秤にさえ上がらなければ、そこは面白くて飽きない空間だった。ところが帰りのバスに揺れながら、是が非でも私の気持ちを探ろうとする母を見ながら、はっと気づいた。何かを手に入れるためには、何か一つを手放さなければならない、ということに。母があきれて口をつぐんでしまうと、そばで黙って聞いていた父が言った。父は私の頭をなでながら言った。「そうか。おまえが嫌なら無理に行かなくていいよ」

かといって、ひと月に一度の外出がまったくなくなったわけではなかった。目的地が買取り業者のところではなく、市内の映画館に変わっただけだ。私たちはよくディズニーのアニメーション映画を一緒に観た。そのうち買取り業者のことなどすっかり忘れてしまった。そこに積まれていた本物の品物や犬、本物の匂いなどはすべて、暗い映画館のスクリーンの中の世界にあっという間に取って代わられた。何かを手に入れるためには、何か一つ手放さなければならない、などという悲壮な慰めなど思い出すまでもなかった。新聞は相変わらず溜まったので、父が一人で買取り業者のところに行った。父も行くのが億劫だったのか、わが家の庭の片隅に紐で縛った新聞紙の束がよく積まれていた。両親は私が新聞を読むのを許さなかった。でも私は読んではいけないとわかっていながら、よく誘惑に負けた。誰かを欺いていることに密かに悦びを感じたのだ。

バスに乗って登校しても、早く学校に着くわけではなかった。バスは町の隅々をまわったので、実際にかかる時間は歩いていくのと大差なかった。母とバスの停留所に立っていると、同じ町の小学生四人が私たちの前を通り過ぎることがあった。彼らはしぶしぶ母には挨拶をしたが、私には見て見ぬふりをした。私たちが乗るバスはたいてい空席がなかった。時々、私に席を譲ろうとする大人がいたが、母はいつも断った。「うちの娘は足がとっても丈夫なんですよ」。母はバスの中では私のカバンを持ってくれたが、バスを降りるとまた私の肩にかけた。バスを降りて十分ほど歩くと、小学校の正門が見える。私たちは正門をくぐったあと運動場を横切り、建物の前の玄関まで歩いていった。玄関に着くと、母はようやく私の手を離した。靴を脱いで上履きに履き替える間、私は背後に立っている母の視線を感じた（「靴入れに入れるのを忘れちゃだめよ」。まだ靴を脱いでいないのに、母の切迫した声が聞こえてくる）。私の知るかぎり、父はそのこと——母が私の登下校に付き添ったこと——を知らなかった。実際、入学当時は私のように母親と一緒に登校する子もいたけれど、時間が経つにつれ、その子たちも一人で、または友達どうしで登校するようになった。

授業が終わり、玄関で靴を履き替えて運動場を横切っている途中で、校門の外にいる母親の姿を私が先に見つけるときがあった。そんなときの母は、見知らぬ人のようだった。母が醸し出す独特の雰囲気があった。化粧っ気のない顔、スキニージーンズにチェック模様のセーター、ウエーブのかかった長い髪。母は向かいの文房具屋の販売台に並べられた色鉛筆やスケッチブック、色紙などを、好奇心に満ちた目で眺めていた。手であれこれ触っているときもあった。そんなとき、私はいつも違和感を覚えた。母が、私や父とは完全に分離された一人の女性に見えたからだ。正直に言うと、度々そう思った。たとえば、映画を夢中で観ているとき、うつむいて本や新聞を読んでいるとき、台所で料理をしながらふと手を止めるとき、母は私たちとは別の世界にいるように見えた。その世界はありとあらゆるもの——素敵でかっこよくて醜悪で不敬なもの——で作られていた。母は本やニュース、新聞を通して、その世界で起こるすべてのことを理解しようとした（また母の声が聞こえてくるようだ。「ここにすべてが入っているのよ」）。しかし、母にはいつもほんの少しの時間しか与えられなかった。世界の一員になるのを切望していたその女性は、校門の内側に私を見つけたり、映画やニュースを見ているときに私の存在を意識したり、あるいは、食べ物から少しでも焦臭い匂いがしたりすると、一瞬にして私のいる世界に戻ってきて、私がいるのを確かめた。そんなとき、母の顔には安堵したような、感謝しているような表情がよぎった。まるで自分が少しでも油断したら、いつどこで私に大きな不幸が襲いかかってくるかもしれないとでもいうように。それをなんとしてでも防がねばならないと思っているかのように。いまになって思うと、それが母のやり方だった。自らを少しずつ崖っぷちに追いやり、絶壁の下を見てひやっとする。同時に、自分はまだ安全だとほっとする、そんなやり方。だから母は生涯、**実体のない**心配ばかりして生きたのだ。

小学校に入ってからは、少し友達ができた。市内に住んでいる子たちだった（だから彼らは、私がうちの町で仲間外れにされていることを知らなかった）。私はその子たちと仲良くするために努力した。ゴム跳びをするときも、かくれんぼをするときも、こおり鬼のようなゲームをするときも、私はいつも自ら鬼になった。みんなと仲良くするためにはそうするしかなかった。ただ私には制約があった。その子たちは学校が引けると一緒に遊び場に行ったり、文房具屋に寄ってお菓子を買って食べたりするのだが、私は娘を待っている母のもとに戻らなければならなかった。真の友情はいつだって余分の時間に完成するものなのに。私はつねに少し浮いた存在だった。

二年生になったとき、私は別の方法を考えた。その年の春、父が初めて外国に出張に行ったのだ。正月や秋夕には母と二人だけで過ごしたが、その期間はせいぜい三日ほどだった。でも父の出張は短くて五日、長いときは十日を超えることもあった。母はその間、正月や秋夕のようにだらだら過ごすことはなかった。料理はちゃんと作ったし、テレビも自由に見させてはくれなかった。すべて父がいるときと同じだった。

父はキャスターのついた大きな鞄を持って出張に行ったが、帰ってくるときはそれ以外にも、ジッパーで封をしたビニールバッグをいくつも持っていた。母は父の鞄から洗濯するものを取り出して洗濯機に入れた。父が部屋着に着替えたら、私たち三人は食堂部屋に集まった。父は数日の疲れと充実感がうかがわれる口調で、母と私を見てこう言った。「家族がそろうのは久しぶりだなあ」。父が持って帰ってきたビニールバッグを開けるのは母の役目だった。「さあ、今度はパパが何を買ってきてくれたかな？」。父は出張に行った都市を記念する物や、チョコレート、当時はなかなか手に入らなかった食料品、玩具、母の化粧品やアクセサリーなどを買ってきた。私が思うに、母はプレゼントよりも父の話を聞くのを楽しみにしていた。想像もつかない遠いところに行ってきた体験談（飛行機が離陸するときどんな感じなのか、空から見下ろす大地はどんな様子なのか、機内食の味などについて）を、写真や本で見た場所についての説明を父から直に聞くことを。母は父にあれこれ質問をして、異国に対する関心を思う存分示した。そして父は、母が根掘り葉掘り訊くことにていねいに答えた。母に訊かれなくても、父は都市の情景についてできるだけくわしく説明しようとした。父はあまり話上手ではなかったし、筋が通っていないときもあったので、母はよく父の話はわからないと言って笑ったが、私はそんな両親を見るのがとても好きだった。母が飛行機に初めて乗ったのは、十年前、私が二十代半ばの頃だった。私は母とバンコクに行ったのだが、母は思ったほど嬉しそうではなかった。パスポートを申請しに行ったときも、母はずいぶん物怖じしていた。奇妙なことだった。母はふだんから人づき合いはよくなかったが、物怖じするタイプではなかったからだ。私はむしろその逆だった。人とのつき合いは嫌いじゃなかったけれど、いつもどこか物怖じしているタイプ。「楽しくないの？　あんなに飛行機に乗りたがってたじゃない」。旅行から帰ってきた日、私がそう訊くと、母はかぶりを振った。「え？　そんなことないけど」。そう言ってから、母は何かを思い出したかのように笑みを浮かべて答えた。「あ、ううん。私が望んでたのはそんなことじゃないのよ。あんたの勘違いね」

　その当時、私は母と違って、出張から帰ってきた父の話にそれほど興味を示さなかった。まだ幼かったし、未知の世界は無限に広がっていた（私は友達と遊び場にも行かせてもらえない境遇だった)。だから、そんな非現実的な空間にまで目を向ける余裕がなかった。私が楽しみにしていたのは——母とは正反対に——父の話ではなく、父が買ってきたおみやげだった。私は父からもらった色鉛筆やチョコレート、ノートなどをクラスメートに分けてやった。それを分け与えるのは、「あたしが鬼になる」と言うときほど打撃を受けなかった。いま思うと、「あたしが鬼になる」と言うのは勇気が要るけれど、物を分け与えるのは、どう言えばいいのだろう。卑屈になることだった。当時の私は、勇気を出すことも、卑屈さに甘んじることも、すべて価値があると思っていた。ただ、私がいつまでもその二つのうちの一つを選択しなければならない境遇にあったわけではない。九歳になったとき、私はもはや勇気を出したり、卑屈になったりするのをやめた。

何かが変わったのだ。

私の住んでいた町には、幼い頃から楽器を習う子どもはほとんどいなかった。私の記憶が正しければ、私みたいにメロディオンを持っている子すらいなかった。ところが小学校に上がると違った。私を含めほとんどの子たちは、黒板の前にあるオルガンに触れてもいいのは先生だけだと思っていたので、蓋を開けようともしなかった。でも中には先生がいない隙を狙って、蓋を開けオルガンを弾く子もいた。私はその子たちを何と呼べばいいのか知っている。「度胸がある」のだ。彼らが見事に一曲演奏するのを、私は畏敬の念を持って眺めた。彼らはうまくタイミングを合わせて、先生が戻ってくる前に蓋を閉めた。

小学三年生のとき、担任の先生は中年の男性だった。おそらく父と同世代だが、年齢よりは少し老けて見え、本人もそう見えることに満足しているようだった。もちろんいま振り返るとそう思うだけで、実際にどうだったのかはわからない。彼は眼鏡をかけ、髪はパーマをかけたみたいにウエーブがかかっていた。その頃は一つのクラスに四十人余りいた。彼は四十人余りの生徒たちに何か影響を与えたくてたまらない様子だった。だから音楽の時間に、オルガンの伴奏に合わせて歌を歌わせる代わりに、生徒たちにプラスチックの短簫《タンソ》［細い縦笛］を買わせた。私の記憶では、誰もが——いくら安物でも——短簫を買えるわけではなかった。金銭的な理由もあるだろうし、お金のことを含むもっと奥深い問題があったかもしれない。中には生きているだけで奇跡のような子もいた。うちのクラスにも一人。あとで知ったのだが、担任の先生がその子に短簫を買ってやった。先生は職員室でこう言った。「私は公正かつ誠実な方法で、すべての生徒にできるかぎりの経験をさせてやりたいと思います」。もちろん、すべて私の想像に過ぎないので、実際に彼がそう言ったかどうかはわからない。

　その子、つまり先生に短簫を買ってもらった子は、お風呂に入らないせいでいつも髪の毛が脂ぎっていたし、顔にははたけができていた（のちに、栄養失調が原因だと知った）。顔と歯は真っ黒で、肘と踵には角質が溜まっていた。一年中同じ服を着ていたが、幸いにも冬には薄手のジャンパーを羽織っていた。体からは饐えた匂いがした。隣の家のおばあさんの匂いのように怖いとは思わなかったが、不快な感じはした。その子はいつも学校に遅刻して来た。ときには来ないこともあったが、先生はべつに咎めもしなかった。その子の名前は、そう、コ・ジャンヨンだった。私がいまでもその子の名前を覚えているのは、クラスのいじめっ子たちが「コ・ジャンナン［物が壊れたという意味］」と呼んでいたからだった。

どこかが壊れたコ・ジャンヨン。

少なくとも学期が始まる頃の私には、そんなことはどうでもよかった。コ・ジャンヨンだろうとコ・ジャンナンだろうと、何の興味もなかった。いや、興味がなかったというよりは、なるだけ関わらないでいようと努めた。私は友達を作ろうと懸命に戦っていたし、群れからはぐれないようにあの手この手を使っていた。ほとんど本能的にこう思った。もし群れからはぐれたら、もし群れに安住できなかったら、私は〝清潔なバージョン〟のコ・ジャンヨンになるのだと。

担任の先生は音楽の時間になると、私たち全員に短簫を吹かせた。吹く——これよりも適切な表現があるだろうか。なぜなら、短簫を演奏したとは言えないからだ。短簫はリコーダーとはまったく違っていて、ただ口に当てて吹いても音が出るわけではなかった。私たちが短簫に息を吹きかけると、教室中に空気の抜ける音が広がった。一週間過ぎても誰も音を出せなかったが、先生の忍耐力には驚くべきものがあった。一度も怒らなかったし、それどころか、私たちがめちゃくちゃに吹けば吹くほど元気になるのか、全身全霊で私たちを教え、励まし続けた。

そんなある日、不思議なことが起こった。他でもない私の短簫から楽器の音が出たのだ。空気がまったく混ざっていない澄んだ音に、周りの子たちは短簫を吹くのをやめて、訝しげに音のする方——私の方——を見た。一度も存在感を示したことのない、思いもよらぬ子が急に表に出てきたので、びっくりしているようだった。しまった。私の短簫から音が出ちゃいけなかったのに。私は顔を赤らめた。先生は私のそばに来て、だいじょうぶだ、もう一度音を出せるかい？と訊いた。私はもう一度音が出ることを望んだだろうか。それとも出なければいいと思っただろうか。私は落ち着いて短簫の穴を指で塞ぎ、それから唇を少し開いて短簫の口に軽く息を吹きかけた。すると、さっきよりも正確な音が出た。私は塞いでいた指を一つひとつ離しながら、メロディーを吹いてみた。ああ、空気が変わってきた。ほとんど本能的にそう悟った。私は周りの視線を浴びて顔が赤くなったが、指を一つずつ離し、それによって短簫から音が出るたびに、自分を包んでいる空気が変わってきているのがわかった。周りから、ああ、この子は十分に注目を浴びる資格がある！　と思われているところだった。そうなるともう緊張しなかったし、私が成し遂げたことを公正な――私は公正な扱いを受けているのだ！――気持ちで受け入れた。

　その日、私は学校からの帰り道に、音楽の時間にあったことを母に話さなかった。なぜだろう。確かなのは、その後、私の生活の軸が、ゆっくりだが確実な方向に変わってきたという点だった。しかも私は、音楽の時間に助手のような役目をするようになった。先生は私に前に出てこさせ、いつもお手本に短簫を吹かせた。クラスメートが私の指の動きに集中し、私の真似をしていることに、それまで一度も味わったことのない眩《くら》みと優越感を抱いた。ミスは許されなかった。家でも私は一日中、練習した。いつだったか週末に、父が私に一曲吹いてくれないかと言ったことがあった。「お父さんたちの前で、本番のように吹いてごらん」。吹いたかって？　もちろん吹いた。私は父に少し待つように言ってから部屋に入り、持っている服の中で一番お気に入りの、花柄のベルベットのワンピースを取り出して着た。冬服だったが、そんなことはどうでもよかった。私はそのワンピースを着て、母と父が待っている食堂部屋に行った。そして彼らの前で演奏を始めた。まるで舞台の上でひとりスポットライトを浴びているような錯覚に陥り、息がつまりそうになった。演奏が終わると、父が言った。
「すごいじゃないか。クラスの中でおまえが一番うまいのかい？」
その瞬間、私は優越感を味わった。正直に言うと、その頃の私はよく優越感に浸った。母は複雑な表情で私を見たが、べつに何も言わなかった。私はそんな母をどう思っただろう。たぶんがっかりしたと思う。私がもっと幼かった頃、たとえば買取り業者のところで秤に乗るたびに、その数字が増えるたびに、賛辞を惜しまなかった母が、なぜ私が努力して手に入れたものには目を背けようとするのか。

以来、私は進んで鬼になるのをやめた。もちろん、物をやるのもやめた。勇気を出す必要も、屈辱を覚える必要もなかった。時折、彼らに何をしてやっているのか、何をしてもらっているのかわからなくて不安になることもあった。私たちは休み時間に一緒に手をつないでトイレに行き、並んで入って、出てくるまで待った。そんな関係に私はめまいを覚えた。おかしなことだがその感覚は、私はまぎれもなくその時間に、その場所に、彼らとともに留まっているということと関連があった。私は停泊していた。その言葉が私をくらくらさせたのだ。私はいつのときよりも自分の立っている時間と場所を見据え、自分を取り巻く世界をはっきり見ることができた。まるで堪えきれなくなるまで息を止めてから、一気に吸い込むみたいに。だしぬけに、速いスピードで。

するとそこに、コ・ジャンヨンがいた。

私はその子のことをよく知らなかった——当たり前だが——私はその子が何を望んでいるのかも知らなかった。ところがあるときから、その子に対して抑えようのない感情が心の奥底から湧き上がってくるのを感じた。友達とゴム跳びをしているときも、美術の時間に粘土で何かを作っているときも、体育の授業にかけっこをしているときも、ふと、遠くにぽつんといるその子が視界に入ってきた。私は、その子が一人遠くにいるのが嫌だった。私はその子の幸せを願っていたのだ。

幸せ？

私はその子のために何かしてやりたかった。

夏休みが終わり二学期が始まった日、先生は私を含む七人の生徒に、放課後、教室に残るように言った。先生は両手を擦り、少し浮かれた様子だった。

「これからはプラスチックの短冊じゃなくて、竹で作った本物の短冊で練習しよう。一週間に二回。頑張ったら、年末に市の大会に出られるかもしれないぞ。みんな、やりたいよな？」

私は漠然と母が許してくれないだろうなと思ったが、母に訊くまでもなかった。私自身、大会に出たいのか確信が持てなかったからだった。翌日、私は先生に大会には出られないと、放課後に練習するのも無理そうだと言った。先生はその訳を訊ねたが、私は何と答えたらよいのかわからなかったので、思いつきで、母が新しい短冊を買ってくれないと思うと言ってしまった。先生は私の言ったことをとても印象深く受け止めた。つまり、私がそれとなく家の事情を打ち明けて、自分に助けを求めていると思ったのだ。先生が言った。だいじょうぶだ、先生が短冊を買ってやろう。そうなると、私としては拒む理由がなかった。そのうえ、放課後に残って練習する子たちの間に、微妙な連帯感のようなものが生まれつつあった。その連帯感を捨ててしまうのは惜しかった。

　私は母に、火曜日と木曜日は一時間ほど遅く迎えに来てほしいと言った。母はにっこり笑って言った。「どうして？　居残り勉強でもするの？」。私は竹の短簫をいつもカバンの奥底に入れ、家に帰ってくるなり部屋の机の一番下の引き出しに隠した。奇妙なことに、放課後に残って短簫の練習をすればするほど、また仲間どうしの結束が固くなればなるほど、互いに親しげな笑みを浮かべ選ばれた者の優越感に浸れば浸るほど、コ・ジャンヨンに対する私の関心はなくなるどころか、ますます膨らんだ。それはとても危険なことで、一生懸命築き上げた私の名声に傷をつけることだとわかっていても、その気持ちをどうすることもできなかった。

　そんな九月末のある日、先生が席替えをすると言い出したとき、コ・ジャンヨンに対する私の気持ちは爆発してしまった。コ・ジャンヨンと隣どうしになりたいと名乗り出たのだ。周りの子たちはありえないとばかりに、私とコ・ジャンヨンを代わる代わる見た。コ・ジャンヨンはいつも一人だった。担任の先生はよく席替えをしたが、彼はいつも最後列に一人残されてしまうのだった。休み時間に女子たちが私のところに集まってきた。

「ちょっと、なんでコ・ジャンヨンなんかと一緒に座るの？　みんなの嫌われ者なんだよ」

　私はみんなに訊いた。

「でもみんな、トイレは一緒に行ってくれるよね？」

　彼女たちは傷ついたような顔をして、私と腕を組んだ。やがて、その中の一人が言った。

「そうだね。あの子と友達になるのはいいことかもしれない。でも、匂いが移らないようにしてよ」

　みんなが頷いた。そんなふうに一度感情が爆発してしまうと、その残骸が流れるのは自然なことだったし、何かしようと一生懸命にならなくてもよかった。隣どうしの席になった翌日、私はその子に色鉛筆をやった。屈辱は感じなかった。その子は私の顔を見ずに礼を言った。「顔を見て言いなさいよ」。私は母親のようにそう言った。

　体育の時間にも、私はその子のそばから離れなかった。意地悪な男子たちが私たち二人をからかった。以前はコ・ジャンヨンと一緒にされるのが怖かったが、そんなことはもうどうでもよかった。むしろ私はコ・ジャンヨンと一緒にいることで優越感を覚えた。私なりの境地に達したのだ。考えてみるとおかしかった。みんなの羨望の対象になるよりも、周りから孤立するかもしれないと思ったり、――それまではあんなに怖かったのに――自分が卑しい立場に置かれるかもしれないと思うことが、私をより満ち足りた気持ちにさせているのだから。ある日、仲良しの友達が私に訊ねた。「あの子、臭くない？」。確かに臭かったが、息を止めるほどでもなかった。私は答えた。「ううん、ぜんぜん臭くないよ」

　でも私は、そんな嘘をついたところで根本的には何も解決しないことを知っていた。私の最終目標は、コ・ジャンヨンを**私たち**の仲間に入れることだった。彼が私たちの中でごく平凡な子になれるようにすること、まったく違う人間に生まれ変わらせること、それが彼のために私が成し遂げなければならないことだと思った。ある日――その日は土曜日だった――授業が終わったあと、私はコ・ジャンヨンにこう言ってしまった。

「私と約束しない？　来週までに髪を洗って、顔も洗ってきたら、チョコレートあげる」

「チョコレート？」

「うん。あんたは一度も食べたことのないものよ。パパがスイスで買ってきたんだから」

コ・ジャンヨンの顔に笑みが広がり、黒い歯がのぞいた。私は冷たい言い方にならないようにつけ加えた。

「歯も磨いてきてね」

月曜日、彼は時間が過ぎても来なかった。私は教室のドアが開くたびに、コ・ジャンヨンが来たのかと思いどきどきしながら振り返った。彼は一時間目が始まってずいぶん経った頃、ようやくやってきた。不満と憐みが混ざった先生の視線を浴びながら教室に入ってきた彼には、他の人は気づかないかもしれないが、私にははっきりわかる変化があった。相変わらず袖や首の辺りは垢じみており、穴の開いたカバンを持ち、一度も洗ったことがないような靴を履いていたが、確かに——ほんのわずかな変化だけれど——顔を洗い、髪を洗い、歯を磨いていた。彼は机の横にカバンを掛けて、席に座った。私は先生の顔色をうかがいながら彼の机の上にチョコレートを置き、にこっと笑った。

コ・ジャンヨンの変化に、周りの子たちや先生は気づかなかった。彼らの無関心が腹立たしいときもあったが、私はやめずに続けた。コ・ジャンヨンが私の言うことを聞いたら、その代価としてチョコレートやノート、小さなウサギのぬいぐるみなどをやった。体育の時間、二人三脚でかけっこをするときも、私はコ・ジャンヨンと進んでペアになった。周りが見ている前で、コ・ジャンヨンと足首を紐で結び、手をつないだ。長く伸びた爪に垢が溜まったその黒い手を握ったとき、隣で走る用意をしていた友達が私の耳に囁いた。「病気を移されるよ。うちのママが言ってたもん。病気の菌を持ってるって。もしあんたが移されたら、あたしたち、もう一緒に遊べないじゃん」。コ・ジャンヨンは聞こえたのか、黙ってうな垂れた。私はこれ見よがしにコ・ジャンヨンの手をさらにぎゅっと握り、高く挙げて揺らした。私は自分の役割にすっかり酔いしれていたので、周りが私たち二人を避けたら、それすらも謙虚に受け入れる心の準備ができていた。放課後の教室で、私はひけらかすかのように彼をそっと抱きしめた。饐えた匂いがつんと鼻を突いたが、平気なふりをした。病気の菌が移ってもだいじょうぶだと、そんなのちっとも怖くないと、みんなに知らしめたかった。

　私は彼に訊いた。

「顔を洗うとき、石鹸使った?」

「いや」

　彼が首を横に振った。恥じらう気配もないので少しがっかりしたけれど、私はその気持ちをぐっと抑えた。

「やっぱりね。顔を洗うときは石鹸を使わなきゃ。髪を洗うときはシャンプー。きれいに洗ったら、みんな遊んでくれるよ。からかわれるの、嫌じゃない？　明日、石鹸できれいに洗ってきたら、あたしのシャンプーあげる」

コ・ジャンヨンが私を見た。私は話し続けた。

「あんたは目がとってもきれいなの。きれいに洗ったら、清潔になったら、みんなもあんたのことが好きになるよ」

その晩、私は清潔になったコ・ジャンヨンの周りにクラスの子たちが集まるところを想像した。想像の中で、みんなコ・ジャンヨンに謝った。私はわざと一歩後ろに下がっていたが、実は何かも知っていた。自分が誰も踏み入れたことのない大陸を占領したことを。ところがつぎの日、私は期待を完全に裏切られた。彼には何の変化もなかった。それどころか、完全に以前のコ・ジャンヨンに戻っていた。顔も洗わず、髪も洗わず、歯も磨かずに学校に来たのだ。私は悄然としたけれど、失望の色を顔に浮かべたくなかった。私は彼に渡すつもりだったシャーペンをカバンの中に戻した。

休み時間に、三人の男子がやってきた。彼らは互いに目配せしたかと思うと、歌を歌うように私たちをからかった。

「臭いコンビ。臭いなあ。ウエェウエェ。ぽっとんに落ちたのかなあ」

私の仲良し友達がやってきて、彼らを追い払った。「ほんと、情けないよ」。誰かが大人の口調を真似て言った。私はすっくと立ち上がって、男子の一人に飛びかかった。そして、その子の髪の毛をがっしりつかんで放さなかった。その子は手を伸ばして私の顔を殴った。担任の先生が駆けつけたとき、男子は前髪をむしられたまま私の肩を摑んでおり、私は唇が切れて血がにじんでいるのにその子の髪をがっしり摑んでいた。先生はすぐに私たちの両親に連絡し——先生は「重大な」という言葉を使った——放課後、母と私、その子とその母親、先生の五人が教室に残った。私とその子は、自分たちの立場で一部始終を説明した。母は聞かなくてもわかると言いたそうな顔をしていた。私とその子は無理やり手を握り、ごめんなさいと謝った。

「もっと大きな声で」

私の後ろに立っていた母が言った。私は悔しく、憤りを覚えた。ところが、まったく予想もしていなかった最悪の事態がそのあとに起こった。教室を出ようとしたとき、担任の先生が母を呼び止めた。そして短簫大会のことについて話した。「娘さんは聡明で、とてもいい子です。短簫も一番上手に吹きますし。大会で優勝するには娘さんが必要です」。母は先生に礼を言ったきり、それ以上は何も訊かなかった。私の手を摑んで早足で学校を抜け出した母は、校門の前で足を止めると、責めるような口調で言った。「大胆だわね」（いま思うと、母に責められるのは公正ではなかった。大胆なのは母の方だ。母は家族に嘘をついて、生まれ育った島を飛び出したのだから）。私たちは家に帰るバスに乗り、縦一列に座った。私が前、母が後ろ。私は振り返って母の顔を見たかったけれど、なぜかそうできなかった。ふだんは母が後ろにいても振り返りたいと思わなかった。そうする必要もなかった。なぜなら、母はいつも私を見ていたから。振り返って確かめるまでもなかった。ところが、そのバスの中では、振り返って母が私を見ているかどうか確かめたかった。母に見られたいと思ったのか、その反対だったのかはわからない。男子に殴られた肩を擦り、ボタンが取れたブラウスを気にしながら、私は何か変だと思った。短簫の練習をするのは、学校に残って勉強することより母を怒らせることなのか。

バスを降りたあとも、母は私と手をつながなかったし、口もきかなかった。カバンも持ってくれなかった。橋の近くまで来たとき、母は急に立ち止まり私の方を振り返った。私も足を止めた。母は私の方に歩いてきてしゃがんだ。そして私のブラウスを直しながら訊いた。

「コ・ジャンヨンって子と友達になりたかったの？」

私は頷いた。

「その子が好きなの？」

母にそう訊かれて、私は考えた。好きかって？　ううん。私はただ、あの子がみんなと仲良くできたらいいなと思っただけ。

「みんなと仲良くしてほしかったんだ」

「どうして？」

私は首をかしげて答えた。

「きれいになったら友達もできるでしょ？　だから、あの子がきれいにしてきたら、プレゼントをあげたの」

「プレゼント？」

「うん。色鉛筆とか」

母はよいしょと腰を浮かせると、私を見下ろして言った。

「そんなこと、もうやめなさい」

私は母が何をやめろと言っているのかわからなかった。

「みんなと仲良くするのはいいけど、喧嘩は絶対にだめよ。わかった?」

私はうな垂れたまま黙っていた。

「笑って受け流しなさい。そんなふうに他人と関わらないで。ママはあんたが何かに巻き込まれるのは嫌なの。傷つけられやしないかって、心配でたまらないのよ」

母は話し続けた。

「それから、短簫大会は出ちゃだめよ」

「どうして?」

私は母を見上げ、大声を出した。

「大会に出たいの?」

大会に出たいと思ったことなど一度もなかったけれど、その瞬間、大会に出るのが私の達成すべき課題になった。私はむきになって叫んだ。

「出たい!　出たい!　大会に出られないなら、死んじゃうから!」

母が右手で私の頬をぴしゃりと叩いた。一瞬の出来事だった。何かを感じる間もなく、私の目から涙が流れた。母はまるで呪いをかけられて塩柱にでもなったかのように、身じろぎもしなかった。やがて呪いが解けると、目をぱちぱちさせ、鼻を一度擦った。そして、もう一度言った。

「大会はだめよ」

私はうつむいてすすり泣いた。

「火事で死んだこの町の人たちのことを考えてごらん。もう取り返しがつかないの。あんたにできることは何にもない。起こってしまったことはどうしようもないのよ」

　母が何を言いたいのかよくわからなかったが、私はいまもこの町を包んでいる災いと、町の人たちの悲しみ、そして母と父が亡くしたものに思いを馳せた。母は私の顎を押さえて自分の方を向かせたあと、優しく言った。

「あんたに罰を与えようってのじゃないの。ただ、いいことじゃないの。公正じゃないのよ」

　母はそう言って唇をぶるっと震わせた。そのとき私は、公正じゃないと思ったことに対して後ろめたさを感じ、同時に、敗北感のようなものに襲われた。私は何に負けたと思ったのだろう。いまでも私の脳裏には、その日のその場面が広がる。夢を見るときのように、私にはそれらの状況を見守るもう一つの目がある。うす暗くなった秋の夕方、粗末な橋の前に、中年女性と幼い女の子が向かい合って立っている。周りには木や雑草が茂っている。二人は家に帰るところだ。家は橋を渡ったところにあるのだが、二人にとってその道は果てしなく遠く感じられた。

　その後、私はコ・ジャンヨンと話をするのをやめた。彼は以前のようにまた一人になった。コ・ジャンヨンをからかうことを日々の楽しみにしていた男子たちも、もう寄りつかなくなった。彼は以前よりも独りぼっちになった。私はもう彼と〝接触〟しなかったし、たまたまそばを通り過ぎるときはこれ見よがしに指で鼻をつまんだ。正直に言うと、そうしたとき、つまり、そうしてもいいと自分を説き伏せたとき、私はほっと安心した。

　正直に言うついでにもう一つ告白すると、私が変わったのは母のせいだけではなかった。席替えの日、私はコ・ジャンヨンにシャーペンをやった。

「あんたはあたしとの約束を破ったけど、でも、これあげる。もう隣どうしになれないと思うけど、いつもきれいにするのよ」

彼はしばらくシャーペンを見下ろしていたが、やがて口を開いた。

「違う」

「え？」

「俺、約束なんかしてねえ。おまえが勝手に決めたんじゃないか」

私はその言葉にショックを受けた。

「でも、シャーペンはあんたにあげる」

のちにずいぶん時間が経ったあと、私はコ・ジャンヨンにもらったものと、私が彼にやったものについて考えた。「プレゼント」したものではなく、他のものについて。私たちには確かに、もらったもの、交換したものがあった。その後、私はもう友達を作ろうと努力しなくなった。何かが私の中で崩れ、枯れてしまったのだ。もう勇気を振り絞りたくなかったし、屈辱を感じるのも嫌だった。いや、ときには、ただ勇気を出したり屈辱を感じたりするだけの、単純な世界を懐かしく思った。

私は病床の母に、コ・ジャンヨンという子を覚えているかと訊いたことがあった。母はしばらく考えるふりをしてから、記憶にないと言った。母は嘘をついていた。でも少なくともそのときは、母に裏切られたとは思わなかった。その必要もなかった。私は母が嘘をついていることに気づいていたし、母もそのことを知っていた。つまり、私たちは互いに勝ちながらも負けているところだった。私たちがやりとりしたものはゼロだった。あの小さな町からソウルの山麓にある家に〝定着〟してからも、母は往々にしてそうだった。私に微妙な罪の意識を持たせ（「火事で死んだこの町の人たちのことを考えてごらん。もう取り返しがつかないの」）、危険に冒されていると思わせること。私は母の策略——私はそう呼ぶことにした——に気づくたびにありったけの力を振り絞って、シーソーのバランスを保つためにおどけて体をひねったり足を動かす子どもみたいに、関係の針をゼロに合わせようと必死になった。母を憎まなくても済むように。母をずっと愛せるように。

　だからその日、雪の降った土曜日、都心が見下ろせるレストランで父がぶち壊そうとしたのは、他でもない、あれほど私が合わせようとした、母と私のバランスだった。

五　また別の女

夫はメイン料理が運ばれてくる頃にようやくレストランに着いた。べつに慌てているふうでもなければ、遅れたことについて――あのまま夫と車の中にいたら、私もその時間に着いたかもしれない――恐縮している様子もなかった。私は夫に悪意がないことを知っていた。その必要性を感じていないだけだということも。ときには「必要性を感じない」タイプの人を羨ましく思うときがある。夫は父に礼儀正しく挨拶をした。そして社交辞令――「ああ、とてもお会いしたかったです」――も言った。父はいきなり婿が現れたので面食らっていた。夫は私と父の間に流れる冷ややかな空気を感じ取ったはずなのに――そうでないはずがない――知らん顔をして、食べることだけに集中した。夫は何度か父に話しかけた。彼は他人――相手が誰であれ――によい印象を与えたいと思う気持ちが強いあまり、自分の性格や意図などを見せない方だった。彼が投げかけた話――慶州《キョンジュ》からソウルに来る方法について、高速道路について、地震について、文化財について――に特に意味はなかったが、父は親切に答えようと努めた。二人の会話はまるで空回りする車輪のようだと、私たちのいるこの空間に絶え間なく屑を排出しているようだと、私は思った。

そのうち、その屑は他でもなく私の敗北を意味するものだということに気づいた。私の目的が何であれ、完全な失敗だった。夫が料理をほぼ平らげた頃、父はもう遅くなったから、そろそろ帰らなければならないと言った。

「列車の時間までもうすぐだ」

「こんな大雪の中、列車が運行するでしょうか。さっきニュースでも言っていましたが」

私たちは同時に窓の外を見た。雪はうんざりするほど降っていた。

「だいじょうぶだろう。ま、早く行った方がいいな」

私は店の人を呼んで、デザートは要らないと言った。夫は食事代を払おうとする父をどうにか押さえて勘定を済ませ、一緒に一階に下りたあと、父と私に言った。

「ここで少し待っていてください。タクシーをつかまえますから」

夫はまだ、父にいい印象を与えようと頑張ってるところだった。雪も雪だが、それより気温がぐんと下がっていた。寒すぎて足踏みをしたくなった。私はカシミアコートの襟を立て、父と並んで前を見ていた。父は厚手のダウンジャケットを着ていたので寒そうには見えなかった。こんな寒さを予想していたかのような態度に腹が立った。

「私に腹を立てることはない」

父がそう言ったとき、私は思わず一歩後ずさった。まるで私の身体に危害を加えんばかりの勢いだったからだ。

「お父さんは卑劣だわ」

「卑劣だと？」

父が私を見て訊き返した。

「卑劣で図々しいわよ。ふつうだったら、私とお母さんに申し訳ないと思うはずでしょ」

父はしばらく何も答えなかった。自分を弁護する言葉を探しているのか。やがて父が口を開いた。

「私は最善を尽くした」

最善を尽くした？　それが弁解なの？

「私は自分の人生を歩もうと思っただけだ」

父は言葉選びを間違えた。いや、もしかしたら努力すらしなかったのではないか。私は父に一歩近づいた。今度は私が父の身体に危害を加えるかのように。

そして、私はとうとう言ってしまった。

「お父さんも覚えてるでしょ？　あの女の人。お母さんの唯一の友達だった」

そのとたん父は唖然とし、手で額を擦った。ソウルに引っ越したのち、私と母は彼女のことを話さなかった。引っ越した直後は、意識的にその町にまつわることを話さないように努めたのだが、そのうち自然とそうなった。母が彼女のことを口にしたのは、余命を宣告されたあとだった。

「お母さんはとても悲しんでたわ。自分が助けてやりたかった友達が、あんなふうに死んじゃったんだもの。お父さんはあのとき家を出て行くんじゃなくて、お母さんを慰めるべきだったのよ」

「私は……」

父はがっくり肩を落として何か言おうとしたが、私が話を遮った。

「火事はなかった？　すごいわよね。お母さんを嘘つきにして。それなら、お兄ちゃんが死んだというのも嘘？」

タクシーをつかまえている夫が私たちの方をちらっと見た。夫の頭と肩に雪が積もっていた。

父はもう一度その言葉を繰り返した。私を怒らせる言葉を。

「私は最善を尽くした」

「最善ですって？　最善って何？　さあ、言って。私のお兄ちゃんは死んだの？　それも嘘なの？　嘘だって言ったらどうなのよ」

父は両手で顔を擦った。そして、赤みを帯びた顔で私を見た。父は岐路に立たされて悩んでいるかのように、必死で自分の感情を抑えようとしているかのように見えた。そんな父の態度に私は本当に腹が立った。父はいったい何に対して感情を抑えているのか。父にはそんな資格があるのか。父は唇を噛み、声を落として言った。

「おまえの兄さんが死んだ。そうだ。おまえの兄さんは死んだ。おまえの兄さんが……」

そのとき、夫が私たちの方に早足で歩いてくるのが見えた。その後ろにタクシーが一台、止まっていた。

「タクシーをつかまえました。早く乗ってください」

私は腕組みをしたままうつむいた。

「さようなら。もうこれでおしまい」

私は父を見ずにそう言い、父も何も言わなかった。私はうつむいたまま目をつむった。タクシーのドアが閉まる音、そしてタクシーが出ていく音が聞こえた。父が無事に帰ろうがどうしようが知ったことではなかった。私は父の乗った列車が大雪のために線路で立ち往生しているところを想像した。

夫と家に帰る途中、こんな言葉が頭に浮かんだ。雪が降るときは音がしない。凍りついた大地、窓の外に降りしきる雪、休みなく動いているワイパー、のろのろ走っていく隣の車線の車たち。私は自分が安全だという確信がほしかった。いつだったか母が私に言ってくれたように。ああ、そうだろうか。本当にそうなのだろうか。あんたの人生、あんたの幸せ、あんたの安全。母が望んだそれらは虚像にすぎなかった。にもかかわらず、私はそれらを手にしているという実感がほしかった。それがそのとき、私が切実に願ったことだった。

運転中の夫が私の方を見て、やっぱりなという顔で言った。

「だから後悔するって言ったじゃないか。俺の言うことに耳を貸さないからさ。こうなると思ったよ」

私はその年の短籥大会に出るのを諦めた。短籥の練習だけは続けてもいいと母は言ったが、それもやめた。先生は「才能があるのになあ」と言って残念がった。すべてがつまらなくて無意味だと思った。それでも放課後になると、みんなが短籥の練習をしているところを誰もいない廊下でこっそり聞きたくてたまらなくなるときがあった。失敗しちゃえばいいのにと思った。誰かが致命的なミスを犯し、私がいないからこうなったのだと泣きごとを言ってくれることを願った。実際そんなことがあったかもしれない。でも時間が経つにつれ、誰かが私の代わりを務め、先生が残念がったのが色褪せるほど成功を収めた。彼らは市の大会に出て入賞し、道《ド》対抗大会にも出ることになった。

十一月のある日の夜、食堂部屋でテレビを見ながら夕食をとっているときだった。地方ニュースで、道対抗短篇大会のことが報道された。母と私の間にぎくしゃくした空気が流れた。なぜだか私は体がこわばり、テレビを見るのがつらかった。先の尖った串で腹の中をかきまわされているような気分だった。母はどうだったのだろう。確かなのは、母も私もチャンネルを変えようとしなかったことだ。私はまだ未練があると母に思われたくなかったし、母は自分のしたことが娘にどんな影響を与えたのか知りたくなかったのだ。私はご飯をゆっくり噛んで食べ、母は私のコップに水を入れたり、料理の皿を運んだりしてそわそわしていた。そのとき、テレビに知っている子たちの顔が映った。わずか五秒ほどだったが、私は思わず声をあげた。

「同じクラスの子たち！」

突然、母を包んでいたぎこちなさが消えた。いったいどういうこと？　しかも——ほんの一瞬だったけれど——母の口元に自信に満ちた笑みが浮かんだ。まるで知っている子がテレビに映るのを予想していたかのように。そんな予想をしたのがすごいことであるかのように。

「そうね。ママも見たわ」

母は短篇の大会に出るのは許してくれなかったが、町の奥にある、松林に一人でいくのは許してくれた。母にどこに行くのかと訊かれたら、私は正直に松林に行くと答え、すると母は風邪を引かないように暖かくして行きなさいとだけ言った。どのみち町から出るわけでもなかったので、母は安心していたようだった。母はこうも言った。「木を見るのはいいことよ。自然は心身を落ち着かせてくれるから」。私は正直言って母——誰でもそうだけれど——が「自然」という言葉を口にするたびに身震いした。無神論者の先生が言った言葉——「人間が腐るのは、自然に還るためなんだ。自然の一部だった人間が、自然の一部に還るんだ」——は、なおも私の胸の中に潜んでいたし、「自然」という言葉を聞くたびに、腐った果物や、錆びた釘、膿んだ傷のような、単純だけれど極端なイメージがそっと私の意識の表面に浮かんだ。私が松林に行くのは、心身を落ち着かせるためではなかった。それなら、何のため？　松林の中では、どこを見渡しても松の木が遠くまで広がっていた。雪の降る日も、雨の降る日も、曇りの日も、晴れた日も。私はその木々の運命を知っていた。いずれ根こそぎ抜かれ、紐で縛られたままトラックでどこかに運ばれていくだろう。以前はその光景を見ると、絶対に抜かれるはずのないものがショベルカーの前で屈服する無力さに興奮したけれど、いまは違った。人夫たちが根を円錐形にまとめて綿花の麻袋で包んだあと、葉が傷つかないように縄で縛ってトラックに載せるのを見ると、私はやりきれなさと、この世に抜かれないものは何もないのだという漠然とした恐怖を感じた。そして、この世の道理が覆《くつがえ》されているという思いで吐き気がするのだった。

　のちにそのこと——松の木を運ぶこと——を思い出したとき、当時の私は何も知らなかったのだと思った。なかでもその木々を掘り返す人たちが相当な「労力をかけて」いたことについて。

彼らは適当にやっているのではなかった。暴風雨や台風、地震などによる無慈悲なものとも違った。それはとても繊細で、計画的に行われた。私が妊娠中の友達に幼い頃住んでいた町のことを話しているとき、ふと思い出したことの一つがこれだった。松の木はどこに運ばれたのだろう。それらは「労力をかけて」やり遂げられたのか。それは可能なのか。もちろん、大人になった私は、松の木がどこに移されたのかよく知っている。移されること、それこそが松の木が植えられた理由であることもよく知っている。でも当時の私はそんなことを知るよしもなかったし、すべてが奇妙に感じられた。もしかしたら私は、その松林でこんなことを考えたかもしれない。自分もどこかに消えてしまいたいと。いや、どうだか。これは大人の女性になった私が、幼かった頃の自分を見る方法の一つに過ぎないのかもしれない。だがその頃は、そんな話がありふれていた。子どもたちが失踪したり、誘拐されたり。町の電信柱には「この子を捜しています」と書かれた、写真付きのチラシが貼られていた。母はそれを見るといつも憤った。

「親が子どもを失くすなんて」

父は、親は犯罪の被害者だから非難してはいけないと言った。母は納得しつつも、若干プライドを傷つけられたような面持ちでこう言った。「あなた、お願いだから庭に積んである新聞を捨てて」。庭の隅に積んであった新聞の束を、私はこっそり読んだ。そこにはいつも誘拐されたり失踪した子どもたちのことが載っていた。その頃、私の興味を引いたのは「誘拐」より「失踪」だった。「誘拐」はどことなく犯罪と結びつくが、「失踪」には神秘的なものがあった。もちろん、ある日突然、人知れず行方をくらました子どもたちの話は恐ろしかったが、そこには現実味がなく、むしろ当時流行っていた怪談――たとえば、歩いているときに口裂け老婆の幽霊に出くわしたとか、夜明けに死んだ家族が居間に現れたとか、放課後、校庭にある銅像が血の涙を流しているのを見たとか――が引き起こす恐怖心と似ていた。いや、もっと正確に言うと、私はそんな怪談を現実として受け入れ、恐怖を覚えた（私は時々電気をつけたまま寝た。また、母にせがんで買ってもらった怪談集を絶対に私の部屋に置かなかった）。確かに行方をくらました子どもたちの話は怖かったが、一方で興奮させられる何かがあった。

　私が自由に新聞を読んだりニュースを見たりするようになったのは、その町を離れて数年ほど経った頃だった。母は新聞やメディアを見せなければ、私をこの世の醜悪なものから切り離せると思ったようだが、私が九歳の頃、おなじクラスにはすでにニュースを見たり新聞を読んだりするませた子たちがいた。もちろん、ほとんどがニュースと――母の言葉を借りると――「子どもが見てはいけない」ドラマだったのだが。私を含むそれ以外の子たちは、いつも彼女たちの話に耳を傾けた。彼女たちは話題が豊富だった。迷いがなかったし、世の中の道理に精通しているように思えた。少なくとも私よりはずっと大人だった。彼女たちは腕組みをして、周りの男子のことを舌打ちをしながら小声でこう言うのだ。「レベルが低すぎて、一緒に遊べないよね」。レベル。そうだ。彼女たちにはレベルがあった。一瞬にしてみんなを恐怖に慄かせたり、歌を歌ったり、流行りのダンスを踊ったり、「キス」だの「チュー」だのという言葉を口にした。冗談もうまかった。私が後日、好んで言った冗談とは質が違った。何でも笑い流してしまうのではなく、逆に摑み取った。私には絶対に真似できないことだった。

冬休みを控えたある日の放課後、そのうちの一人が言った。男子も先生も帰ったあとで、教室には女子が数人だけ残っていた。私たちはその子を囲んだ。彼女はカバンを肩にかけ、私たちの方を振り返った。

「昨日、ジュヨンと一緒に帰ったんだけど。あ、ジュヨン、知ってるよね。隣のクラスの子。隣のクラス、いつも終礼が遅くてイヤになっちゃう。で、そのジュヨンとね、一緒に文房具屋に行ってゲームしてトッポキ食べてたら、家に帰るのがちょっと遅くなったんだ。そしたら帰り道に車が止まってて。黒い車で、すっごく大きいの。車の中におじさんが二人いて、あ、窓が開いてたから中がよく見えたんだ。寒いのにどうして開けっぱなしにしてるんだろうって思った。運転席のおじさんじゃなくて、もう一人の、助手席にいたおじさんが、椅子を後ろに倒して、ほとんど仰向けになってたんだよね。運転席のおじさんはちょっとだけ倒してた。そのおじさんたちが、ちょっとこっちにおいでって手招きするから、あたしとジュヨンは言われるままに行ったの。おじさんたちは背広を着て、ネクタイを締めてた。うちのパパみたいに。パパは、ネクタイをした人はいい人だっていつも言ってる。仰向けになった助手席のおじさんがあたしたちに、どこの小学校に通ってるの？　って訊くの。学校の名前を教えてあげたら、ちょうどよかった、その学校に用事があるんだけど、道に迷ったからちょっとひと休みしていたところだって。あたしは、学校はもう閉まってるし、先生たちもみんな家に帰ったって教えてあげた。でも、おじさんたちは学校に行くって聞かないんだ。なんとかかって先生が待ってるからって。だから道を教えてあげたけど、でも、いくら説明してもわからないんだよね。そしたらそのおじさんが、いい考えがある、この車に乗って案内してくれって言うの。おじさんたちはあたしを見て笑ってた。急に鳥肌が立って、不吉な予感がした。そのときあたし、そのおじさんのズボンのベルトが緩んでるのと、おじさんが手で何かを揉んでるのを見たんだ。初めは赤いボールかなって思った。そしたら急に心臓がバクバクしはじめて、まるであたしのほうが悪いことしたみたいにすごくイヤな気分になった。あたしはジュヨンの手をぎゅっと握って、ゆっくり後ずさりながら車から離れたあと、さっと振り返って早足で歩き始めた。理由はわからないけど。おじさんたちが追いかけてきたらどうしようって、怖くてたまらなかった。でも追いかけてこなかった。その車が見えなくなるまで、あたしたちはずっと黙ってた。あたしはジュヨンに何か見た？　って訊いた。ジュヨンは何も見なかったって答えた。ジュヨンもあたしに訊いた。何か見たかって。あたしも、何も見ていないって答えた。よくわかんないけど、でもね、みんな。もしあのとき逃げなかったら、ジュヨンとあたし、失踪してたかもしれない」

　私たちは深刻な顔で話を聞いた。背筋がひやっとしたけれど、二人の言うことが正確に何を意味するのかはよくわからなかった。ただ、彼女たちがとても危険な状況に陥っていたことだけはわかった。幼かった私たちは、それを親に話さなければならないという考えすらなかった。おぞましい何かが隠されていること、不快で、絶対に誰も経験してはならないことだというのは漠然とわかったけれど。一方で、そんな目に遭ったその子がなぜ威張っているのかもわかるような気がした。またそれは、その子が見せてもいい正当な感情だとも思った。なぜなら、少なくとも私たちの中で「失踪」に一番近い経験をした唯一の子だったからだ。

父に会ったのち、私は気持ちが沈み、胸が痛んだ。私を苦しめたのは、父が「お母さんはおまえに嘘をついたんだ」と言ったことだった。私は父に陳腐で生半可な悪意を抱いたが、そんなことで傷ついたりはしないと自分に言い聞かせた。私は父に言ってしまった。絶対に口にするまいと心に決めていたことを。そして怒りを剥き出しにしてぶつけることで、私は自分が傷ついたか弱い女の子だったことを認めるはめになり、そのために羞恥心を覚えた。羞恥心。おそらくこれが理由だろう。父に会ってから数日経った頃、ふとユン・イソを思い出したのは、似ていると思ったからだろうか。それとも私が行き当たった事態に対する反作用だったのだろうか。一つ言えるのは、私がユン・イソを思い出したのは忘年会以来だということだ。書斎で仕事道具を前にして――もちろん、夫のスクラップブックも広げたまま――ふとそんなことが気になった。夫はユン・イソが消えたことをどのように受け止めたのか。夫が勤めている会社は、ユン・イソがそんなふうに引退したのをどう処理したのか。会社が設立当時からユン・イソの莫大な援助を受けたことを、この界隈で知らない人はいなかった。それが金銭的なものであれ、会社の信頼度であれ、ユン・イソはできるかぎりの援助をした。なのにいま、彼女のことを気にかける人は誰もいない。ユン・イソが引退したという記事も見たことがない。

ユン・イソを思い出した夜、夫が眠ったあともしばらく眠れなかった私は、そっとベッドから抜け出し書斎に行った。机の上のデスクトップパソコンをつけ、インターネットの検索エンジンを開いた。書斎に電気をつけていなかったので、暗闇の中でモニターだけが青い光を放っていた。しかし、その光だけで十分だった。私は検索窓にユン・イソと入力した。ユン・イソに関する記事は特になかった。彼女が姿を消したことに、誰も、マスコミも、芸能ゴシップを扱う安っぽいマスコミですら騒がなかった。私の他に、彼女が「消えた」ことを深刻に思っている人はいなかった。誰も興味がないのだ。こんなことって。私は忘年会のとき、平然と他の人たちの中に混じって座っていたユン・イソのマネージャーとその妻を思い出した。彼らですら、ユン・イソが初めから存在しなかったかのように振る舞った。そんなことって。家族同然のつき合いだっただろうに。

　ユン・イソに関する最後の記事は、彼女が〈また別の女〉に出演するという、制作発表会に関するものだった。彼女はそこにいなかった。制作発表会にはドラマの主人公、男女二人が参列していた。記事の終わりの方にユン・イソの名前があった。「……ユン・イソが出演する予定」とだけ書かれていた。それきりユン・イソに触れた記事はなかった。忘年会で会ったマネージャーの妻は、ユン・イソが手紙を残して「突然」姿を消したと言った。ドラマでは彼女の降板をどう処理したのだろう。今度は〈また別の女〉を検索してみた。登場人物を紹介するコーナーには、やはりユン・イソの写真と、彼女の配役の説明が載っていた。「スヒョン（女主人公の名前）の頼もしいサポーターであり、彼女が勤める会社の理事。人生の辛酸を嘗め尽くした人。この世に怖いものなし」

　私は暗やみの中で、デスクトップパソコンにつながっているイヤホンをつけた。それから料金を払い、ドラマ――ユン・イソがまだ出演している十一月分から――を見始めた。ドラマはたいした内容ではなかった。有力な政治家の息子が、父の政敵の娘と恋に落ちる。息子は愛する人と結婚したいのだが、思うようにいかない。そこで、金を必要としている平凡な家の女に自分と契約恋愛をしてほしいと頼むのだが（息子の親は、息子が政敵の娘と結婚するくらいなら、「そんな」女と結婚する方がまだましだと思う）、そのうち本当にその女と恋に落ちてしまうという内容だった。

十一月の最後の週に、ユン・イソが今後、出演しないだろうという暗示があった。「理事はアメリカに行きました」とひと言。いついなくなっても困らない配役だったのだ。私は無性に腹が立った。誰も彼女を公正に扱っていないと思ったからだ。そのとき、部屋がぱっと明るくなった。顔を上げると、スイッチのそばで私を見ている夫がいた。私は片方のイヤホンを外した。

「こんな時間に何やってるんだ？」

ドラマはなおも再生中で、片方の耳につけたイヤホンからは、女が自分を裏切った男にこう言うのが聞こえてきた。「きっと後悔するわよ。でも、あんたが後悔したら、私はやりきれないと思う」。

「ドラマを観てるの」

私はもう片方のイヤホンも外した。

「ドラマだって？」

夫はあきれたように訊き返した。

「〈また別の女〉」

私がドラマのタイトルを教えると、彼は啞然とした。私はそんな夫の顔を見て、何か訊かずにはいられなくなった。

「ねえ。ユン・イソ、いなくなったんでしょ？」

「え？　誰？」

　夫はその名前をとっくに頭の中から消してしまっていたのか訊き返したが、はたと思い出したように答えた。

「ああ、そうだよ。いなくなった。君が彼女に関心があったとは知らなかったなあ」

「気にならないの？」

「何が？」

「ユン・イソがいなくなったことよ」

「どうして？」

　どうしてって。今度は私が唖然とした。夫は狐につままれたかのように、私の顔を見つめてもう一度訊ねた。あきれた口調で。

「どうしてそう思うんだ？　彼女は自分の生活を送ってるだけだよ」

　自分の生活。でも、どこの誰が自分の生活の中でそんなふうに消えるだろうか。

「それに、前にも何度か話したけど、彼女、ほんと身勝手なんだよ。俺たちが苦労したことを考えると……」

「よかったって言いたいの？　よくそんなことが言えるわね。あなたの会社があるのは、ユン・イソのおかげなんでしょ？　なのに、なんてひどい言い方」

「それより、君がなんで彼女のことを気にするのかわからない。最近、ちょっとおかしいよ。どうしたんだ？」

「私が何をどうしたっていうのよ」

夫はかぶりを振りながらため息をついた。

「もういい。疲れたよ」

「あなたたちはユン・イソに助けてもらったんでしょ？」

「あなたたち？　うちの会社のことか？　会社もできるかぎりのことはやったよ。俺たちはあの女にさんざん苦しめられたんだ。君にはわからないさ。それに、君だってあの女を嫌ってたじゃないか」

夫はじっと私の顔を見つめ、答えを待っていた。私はイヤホンを一つずつ両耳に入れてモニターを凝視した。夫はまた何度かかぶりを振ると、部屋から出ていった。夫が最後に言ったこと——「君だってあの女を嫌ってたじゃないか」——で、私は不当な扱いを受けたような気がした。なぜ私が彼女を嫌う必要があるのか。この世で彼女に関心を持っているたった一人の人間なのに。私は書斎でひとりユン・イソを思い浮かべた。いつだってお高くとまっていた女、どこにいても一番美しかった女、誰かに頭を下げるとは思えない女。そんな彼女が姿を消し、誰もそのことを気に留めていなかった。彼女は捨てられたも同然だった。もうユン・イソはドラマに出てこないだろうけれど、それでも私は観るのをやめなかった。

その日は冬休み前の終業式だった。前の日、家に帰る途中、母に明日の終業式が終わったあと友達と遊んできてもいいかと訊ねた。母が答えた。「好きにしなさい。正確な時間さえ教えてくれたら、ママが迎えに行くから」。その頃は時々そんなふうに、放課後に友達と遊んだ。それは母が提案したことだった。時間の約束をして学校の近くで遊んでいたら、ママが校門まで迎えに行くからと。短簫の事件があったのち、母は私が一人孤立するのではないかと心配しているようだった。でも私が望んだのはそんなことではなかった。私は一度でいいから友達と〝自由に〟遊びたかった。友達と路地を歩いて、見知らぬ車に出くわして身震いしたり、彼らに邪悪なことを頼まれても巧みに断りたかった。友達と一緒でなくてもよかった。私はそんなふうに危険に陥り、自らを救出する経験をしてみたかった。「一人でバスに乗って帰ってくるから」。私がそう言うと、母はかぶりを振った。「それはだめ。二つのうち一つを選びなさい。友達と遊んだあと校門の前でママと会うか、それとも終業式が終わったらすぐにママと一緒に帰ってくるか」。寝る前に、母は私の部屋に入ってきて、どうするかともう一度訊いた。私が何も答えないので、母はため息をついて部屋を出ていった。翌日、終業式が行われている間じゅう校門の前で待っていた母は、私を見るなり、友達に囲まれた私をつまみ出した。母は私に、救済の余地がないことを知らしめているのだ。私はそんな母の態度が理不尽だと思ったし、腹が立った。私は家に帰るなり黙って部屋に入り、カーテンを閉めてベッドに入った。カーテンは光を完全に遮ってはくれなかったが、部屋の明るさを少し落としてくれ、その穏やかさと静けさの中で私は決断した。しばらくして母の声が聞こえた。お昼ご飯を食べなさい、と。私はおとなしく出ていって、機嫌が直ったふりをした。それが私の計画の始まりだった。

母は私がご飯を食べながら観られるように、『アラジン』のビデオテープをつけてくれた。私はこの映画を、両親と市内の映画館で観た。口に出したことはないけれど父は私がこの映画にすっかり魅せられたことに気づき、『アラジン』のビデオテープをプレゼントしてくれた。それ以来、暇さえあれば観たのだが、両親はなぜ私が『アラジン』をそんなにも好きだったのか知らなかったと思う。私はアラジンとジャスミンのキスシーンが好きだった。魔法の絨毯に乗ったアラジンと、高い宮殿のバルコニーに立ったジャスミンが、互いを見つめている。二人はキスをしたいけれど、どうしたらよいのか迷っている。急に魔法の絨毯が動いて二人はキスをする。そのとき、アラジンの口元には皺が寄った。私も父と母の頬にキスをしたことはあったが、なぜ皺ができるのかわからなかったので、そのシーンを見るたびに考え込んでしまった。しかし、その日は違った。私は母のつけてくれた映画に、まったく集中できなかった。

食事の間じゅう心臓がドキドキして、その音が母に聞こえるのではないかと気が気でなかった。母はわざと抑揚のない声で訊いた。「今日はパパが早く帰って来るみたい。何か食べたいものがあったら買ってきてくれるって。何が食べたい？」。私は答えにつまった。食べたいものなどあるはずがない。いま噛んでいるご飯の味もわからないのに。体は極度に緊張していたし、興奮のあまり吐き気をもよおした。でも、それを母に気づかれたくなかったので、私はできるだけ冷静を装った。思いつくままにフライドチキンが食べたいと答えると、母はすぐに会社にいる父に電話をかけた。「いい子ね」。話を終えて戻ってきた母が、私の頭をなでながら言った。

食事が終わったあと歯を磨き、そして部屋に戻った。それからすぐに通学カバンを開けた。当時、私の宝物第一号はカバンだった。父が出張で日本に行ったときに買ってきてくれたもので、赤毛のアンの絵がついていた。そんなカバンを持っているのは、学校じゅう探しても私しかいなかった。私は本を取り出して本棚に並べたあと、貯めてあったお小遣いをカバンに入れた。ごくわずかな金額だったが、バス代と、パンと牛乳代くらいにはなりそうだった。ペンケースはどうしようか悩んだ。私はペンケースの蓋を開けて、その中に入っている学用品を確かめた。父は鉛筆、消しゴムを包んでいる紙、カッター、物差しなど、すべてのものにシールを貼りつけた。そこに記された私の名前と学校とクラスの名前、そして出席番号は、私の存在を証明するものだった。単なる比喩ではなくて、本当にそうだった。その頃私たちは、知らない人に自己紹介をするときはいつも、学校の名前、クラスと番号、そして名前を言った。でも家を出ていこうとする私にそれらがつきまとうのが嫌だったので、ペンケースは置いていくことにした。その代わり、クリスマスのときに母におねだりして買ってもらった少女マンガ誌を一冊とパジャマ、余分のズボンとTシャツを連れていくことにした。カバンはあまり大きくなかったので、それだけでぱんぱんに膨らんだ。服を着替えて部屋から出てきた私は、忍び足で庭に通じる戸の前まで行ってカバンを置き、食堂部屋に入った。母は洗い物をしていた。私は母に言った。「ママ、松林に行ってくるね」。母は手を止めて、私の方を振り返った。「毛糸の帽子かぶって、手袋もして、暖かくして行くのよ。風邪でも引いたら大変だから」。母はそう言うと再び洗い物に集中した。私はわかったと答え、カバンをそっと持ち上げた。そしてブーツを履き、早足で家の外に出た。

私は〝失踪〟するつもりだった。なるだけ家から遠く、両親から遠く、町からも遠く離れるつもりだった。〝失踪〟という言葉に不吉で不穏な気配が漂っているのは知っていたが、その言葉の持つ神秘さは他人にのみ当てはまるということ、失踪した本人の人生はその後もずっと続くことについて――つまり、生き残るという――は知らなかった。実際、考えたこともなかった。その日の私は、ただバスに乗って、できるだけ家から遠く離れたところに行きたかった。私は友達がこう言うのを想像した。「あの子、失踪したんだよ！　すごいよね」

　バスの停留所に着いた私は、どうか町の人に会いませんようにと願いながらバスを待った。町の人たちは母がどれだけ私を大事にしているのか知っていたので、私が一人で停留所にいるのを見たら怪しむに決まっている。お節介な誰かが母に告げ口するかもしれない。幸いにも誰にも会わなかった。二十分ほど過ぎた頃にようやくバスがやってきた。すべてが私の味方をしてくれているような気分だった。乗ったことのないバスだったが（私が乗ったことのあるバスは二種類だけだ。学校に行くバスと、市内に行くバス）、目的地はどうでもよかった。私は悲壮な決意をしてバスに乗り、料金を払って空いた座席に座った。ところがバスが出発し、見慣れた風景がゆっくりと過ぎ去っていくのを見ながら、私は胸の奥底から何かがもぞもぞと這い出してくるのを感じた。ああ、あれは何だったのだろう。何であろうと堪えなければならないと、あるいは呑み込まなければならないと自分に言い聞かせたが、それらの試みは失敗に終わった。私は焦り始めた。ぐらぐら揺れるバスの中で何とかバランスを保ちながら運転手の方に近寄り、怖気づいたような、絶望したような声で言った。

「運転手さん、降りたいです」

「何だって？」

「ここで降ります」

運転手は不満そうに私を見ながらも、しぶしぶバスを止めてくれた。彼の目に映る私はしょせん九歳の子どもだったし、とんでもない過ちもある程度許された。バスを降りたあと、私は突っ立ったまま去っていくバスをぼんやりと眺めた。バスが見えなくなると、私はバスが去っていった方向とは逆の方に――ほんの一キロにもならない距離だったと思う――歩き始めた。やがてバス停留所に戻ってきた私は、あたかもそこでバスに乗らなかったかのように、ずっと自分の乗るバスを待っていたかのように、停留所のベンチに座った。私はすっかり意気消沈し、もうバスには乗れそうになかった。どれだけ時間が経っただろう。つぎのバスが到着し、両手にビニール袋を提げた近所のおばさんが降りてきた。「あら、赤レンガの家の子じゃないの。一人でどこ行くの？　お母さんは？」。私は黙って頭をぺこりと下げたあと、うつむいたまま振り返り、歩き始めた。しだいに早く。背中に重いカバンを背負って、わが家の前を通り過ぎ、空き家のままのおばあさんの家も通り過ぎた。おばあさんの家は私が別の町に引っ越すときも崩れずにそこにあったが、その前を通るたびに、もはや何も育たないその家の前の空き地を見るたびに、私は壊れるもの、復旧できないもので構成された世界に無防備に晒されているような気がして、胸がむかむかした。

結局私は出ていけなかった。もちろんその頃の私には、家出というものが、両親を置いて家を出ていくことが何を意味するのか、具体的にはわかっていなかった。ただ、自分にも取れるかもしれない態度、または傾向にすぎなかった。かといって、初めから出ていくつもりがなかったのではない。厳密に言うと、私は**留《とど》まった**のだ。

私は初めの目的地とは反対方向にある、町の奥の方へ歩いていった。その日、町を出るのに失敗した私が着いたところは松林だった。松林はいつものように静まり返っていた。閑散として孤立した感じ。木の枝が風に揺れ、音を立てていた。母に嘘をついたけれど結果としてそうならなかったことに、私は自尊心が傷つけられた（自尊心はなぜ、私が失敗したときにだけ頭をもたげるのか）。その日は、まだ足を踏み入れたことのない奥の方にまで行ってみることにした。いったいなぜ？　バスに乗って出ていくのには失敗したけれど、未知の場所に踏み込むだけの勇気は残っていると証明したかったからか。でも、誰に？　もっと率直に言うと――当時の私は認めないだろうけれど――自分を松林の奥にまで押し込んだ原動力は、私は町の中にいる、変わらず保護されているのだという思いだろう。

初めは勇ましく歩いた。わざと自らの置かれた境遇を誇張したいという思いもあったはずだ。もしくは、自分が探検家にでもなったとうぬぼれていたのかもしれない。しかし時間が経つにつれ、松林は思ったよりもずっと大きいことに気づいた。ずっと広くて、荒々しいことに。松林は果てしなく広がり、町の輪郭はとっくに視野から遠ざかっていた。私は心なしか恐ろしくなった。引き返したくなったが、もはや不可能に思えた。

もう少し歩こう。そのうち松の木だけでなく、名前のわからないありとあらゆる木々が雑然と植わっている道に差しかかった。私は木と木の間にある、誰かが通ったと思われる跡に沿って歩いた。しかし、その跡もしだいに薄れ、道は険しく急勾配になった。泣き面に蜂とはこのことで（ああ、この言葉がこんなにしっくりくる瞬間が、私の人生にまたとあるだろうか）、雪の溶けかかった道は滑りやすかった。足の指が凍りそうになった。ふと、凍傷にかかって指を切断したという人の話を思い出した。肩に力が入らないせいか、カバンがだんだん重くなってきた。つぎの瞬間、何が起こったのかもわからないまま、私は前のめりになって倒れた。とっさに両手をついたけれど、急にバランスが前方に傾いたせいで、背中のカバンが頭上を覆った。手の力が抜け、横に倒れた拍子に枝で顔をひっかいた。手のひらは擦りむけて傷ができ、綿のズボンの膝が岩の角に引っかかって裂けた。膝からは血が流れた。痛いのはもちろん、私はすっかり恐れをなしてしまった。これは私が考えていた〝失踪〟ではなかった。〝勇気ある〟行動の結果でもなければ、〝自慢すること〟でもなかった（大人になってわかった。私が望みさえすれば、こんなことでいくらでも自慢できるということを。物語はそんなふうに完成するのだと）。私はふと、この松林が永遠に続く可能性について考えた。〝現実に〟は無理だとしても、いつか読んだ怪談――小さな森をぐるぐるまわっているうちに死んでしまう人の話――が実現する可能性は十分にあると思った（同時に、もし私が当事者になったら、それを記録しておこうかとバカげたことも考えた）。

　私はすっくと立ち上がった。そして、私が歩いてきた方向とは逆に、とにかく足を引きずりながら歩き始めた。ズボンの裂けたところから冷たい風が染み入り、手のひらと脚の擦り傷が疼いたが、いま思うと、そのときの私は超人的な自制心を発揮していた。一粒の涙もこぼさなかった。

　どれだけ歩いただろう。

目の前にとんがり屋根の大きな家が現れた。まるで魔法みたいに。

突然、木々が姿を消し、平地が広がった。広い平地の方へ少し歩いていくと、そこに二階建ての家が建っていた。それは私が見たどんな家よりも立派で、洗練されていた。その町のどんな家とも比べものにならなかったし、最もモダンだといわれたわが家も相手にならなかった。私が立っているところからその家の玄関まで石塀が続き、玄関ドアの両側にはベランダがあった。左側のベランダには薪が積まれ、右側には野外用のテーブルと椅子が置いてあった。玄関上のポーチには灯りがあったが、昼間はつかないようだった。そして、その家の裏にはさらに森が続いていた。森のど真ん中にある大きな家。童話に出てくるような。主人公を惑わし、そのあと危険に陥れる家。魔女。私はいつも、なぜ子どもたちが罠に引っかかるのか理解できなかったが、いざ自分がその立場に立たされてみると気づいた。童話の中の子どもたちは、愚かなゆえにそんな行動に出たのではないことに。彼らには選択の余地がなかったのだということに。その家の呼び鈴を押すのが唯一の選択肢だったということに。

私は大きな鉄の扉についた呼び鈴を押し続けた。奇妙なことに、呼び鈴を押してチャイムの音を聞くなり、涙があふれた。ずいぶん経ってから、中から鍵が開く音がした。内側ロックの隙間から姿を見せたのは女性だった。何と呼べばいいのだろう。おばちゃんと呼ぶには若すぎたが、おねえちゃんと呼ぶのはためらってしまう雰囲気があった。肌は青白く、やや腫れぼったい顔に、目の下がたるんでいたので、とてもやつれて見えた。

「まあ、なんてこと」

彼女は私が傷を負った無害な女の子であることがわかるなり、内側のロックを外して慌てて扉を開け、私を家の中に入れた。彼女は藍色のシルクのパジャマの上に、厚手の濃い紫色のウールショールを巻いていた。ウェーブのかかった髪をポニーテールにしていたが、短い髪があちこちからはみ出ていた。彼女は私を上から下まで見ると、甲高い声で囁いた。声には不自然な張りがあった。

「あらら、膝から血が出てるじゃないの。顔もひどいし。痛くない？」

私は玄関の前に直立不動の姿勢で、ぶるぶる震えながら立っていた。呼び鈴を押している間に、流れていた涙は頬にこびりついた。私はまた新たな危険に冒されているのか、それともその反対なのか、判断がつかなかった。彼女は私と同じ目の高さまで屈んでから訊いた。

「あなたの名前は？　だいじょうぶ？」

私はゆっくりと頷いた。ようやく私は、彼女は私を危険に陥れるような人ではないと思った（よく考えてみると、私にも他に選択の余地がなかった）。とりあえずそう思うと、少し緊張が解けたような気がした。そのあとに、痛みと後悔が私を襲ってきた。

「ああ、泣かないで。泣かないで。お願いだから泣かないで」

私が泣いたら大変なことにでもなるかのように、彼女は大騒ぎをしながら私をリビングに連れていき、ソファに座らせた。

「ちょっと待ってて」

家の中はとても暖かかった。暖かすぎて体がほてった。しばらくして彼女は一杯のお茶を運んできてティーテーブルに置き、毛のスリッパも手渡してくれた。彼女は自分が飲むお茶も持ってきたのだが、びっくりするほど大きなマグカップだった。私はそんな大きなマグカップを見たのは生まれて初めてだった。彼女はお茶をひと口飲んでから、言い訳をするかのように言った。

「あ、私はあったかいお茶をいっぱい飲まなきゃならないの」

そして私に言った。

「飲んでみて」

お茶はほろ苦くて甘い香りがした。初めて飲む味だった。彼女が渡してくれた毛のスリッパは私には大きすぎたけれど、足を暖かくしてくれたし、体の震えもだいぶおさまった。同時に、私を襲った痛みと後悔もしだいに消えた。私は自分がなぜそこにいるのかもすっかり忘れて、好奇心に満ちた目で家の中を見まわした。彼女が座っている黄褐色のレザーソファは艶々しており、壁はすべて丸太でできていた。広いリビングの床には白いラグが敷かれ、隅の方には大きな壁暖炉があった。私はそれを外国を舞台にした映画で見たことがあった。彼女は大きなショールをもう一つ持ってきて私にかけ、移動式ストーブもつけてくれた。その家には移動式ストーブが何台もあったのだが、こんなに暖かい家になぜストーブが必要なのかと不思議に思った（しかも、私がその家にいる間じゅう、彼女は紫色のショールを巻いていた）。

「壁暖炉をつけてあげたいけど、ごめんね。私もつけ方がわからないのよ」

私はソファに座っておとなしく彼女が淹れてくれた名前のわからないお茶――私は大人になってからそのお茶を探したが、見つけられなかった――を飲んだ。彼女は落ち着きがなかったが、手際がよかった。白いラグの上にあぐらをかいて座り、濡らしたタオルで私の膝を拭いてくれ、軟膏をつけてから絆創膏を貼ってくれた。

「血がいっぱい出たわりには、ひどい傷ではないみたい。骨が折れたとか、捻挫したわけでもないしね」

　私はソファに座っていたので、彼女が私の膝に薬を塗ってくれている間、彼女の頭を見下ろしていた。彼女は私が痛がるたびに、自分が「ああ」とか「うう」とか声をあげた。彼女は自分の役割に没頭していた。いや、それどころか浮かれているようにも見えた。彼女は私の顔と手を拭いたあと、右の頬と、両方の手のひらに絆創膏を貼ってくれた。

「顔の傷もすぐによくなるわよ」

　彼女は濡れたタオルと常備薬を元の場所に戻してから、もう一度訊ねた。

「だいじょうぶ？」

　私は頷いた。嘘じゃなかった。もう危険を感じなかったし、自分がすごいことをやってのけたような気分にもなった。まだ残っている膝の痛みは、そんな私の気分を煽った。

　彼女は私のコップが空になっているのを見て、お茶とチョコレートクッキーを持ってきてくれた（驚いたことに、彼女は私の傷の手当てをしながら、大きなマグカップでお茶を二杯も飲んだ）。

　私はまだカバンを背負ったままだった。彼女が眉をひそめて訊いた。

「道に迷ったの？」

　私はクッキーを一つ口に入れ、頷いた。チョコレートの甘みが体の隅々にまで広がった。

「いくつ？」

「もうすぐ十歳です」

私がそう答えると、彼女はとても印象深そうに頷きながら、私の言ったことを繰り返した。

「そう。もうすぐ十歳なのね」

彼女は後ろに下がり、私の背丈を目で測った。

「他の子たちより小さいから、パパとママが心配してるでしょ」

私はクッキーをもう一つ取ろうとしていた手を下ろして言った。

「心配なんかしてないけど」

本当だった。両親はそんな心配はしなかった。彼女は私の返事など気にも留めなかった。

「でもだいじょうぶ。そのうち大きくなるから心配しなくていいわ。私もそうだったの。昔はとっても小さかったのよ」

彼女はそう言って、暖炉の上の壁に掛かっている鏡に自分の姿を映し、つぶやいた。

「でも、いまはこんなに大きくなったのよ。大人になったの」

彼女の口調に偉そうな感じはなかった。適当に髪を結び、パジャマの上にショールを巻いていた彼女は、しばらく鏡を見ながらポーズを取っていた。日が沈む時間、うす暗くなったリビングで、私は強烈だけれど繊弱な印象の彼女にすっかり心を奪われていた。母ではない女性にそんなふうに心を奪われたのは、おそらく生まれて初めてのことだった。母。とっさに私は母を思った。自分は〝失踪〟するために家出したのだ。それはもう不可能なことになってしまったけれど。で

post card

恐れ入りますが、
切手をお貼り
ください

810-0041

福岡市中央区大名2-8-18
天神パークビル501

書肆侃侃房 行

フリガナ
お名前　　　　　　　　　　　　男・女　年齢　　　歳

ご住所　〒

TEL(　　　　)　　　　　　　　　ご職業

e-mail：

※新刊・イベント情報などお届けすることがあります。　不要な場合は、チェックをお願いします→□
著者や翻訳者に連絡先をお伝えすることがあります。　不可の場合は、チェックをお願いします→□

□**注文申込書**　このはがきでご注文いただいた方は、**送料をサービス**させていただきます。
※本の代金のお支払いは、本の到着後１週間以内にお願いします。

本のタイトル	冊
本のタイトル	冊
本のタイトル	冊

愛読者カード

□本書のタイトル

□購入された書店

□本書をお知りになったきっかけ

□ご感想や著者へのメッセージなどご自由にお書きください

※お客様の声をHPや広告などに匿名で掲載させていただくことがありますので、ご了承ください。

◀こちらから感想を送ることが可能です。

書肆侃侃房　http://www.kankanbou.com　info@kankanbou.com

も、どうやって帰ればいいのだろう。どうすれば失敗を誰にも気づかれずに、この状況から逃れられるだろう。方法は一つ。いますぐ家に帰ること。そして、こっそり部屋に戻って昼寝をしているふりをし、あたかも一度も家から出ていないかのように振る舞うしかない。

「あたし、帰ります。うちに帰る方法を教えてください」

私は立ち上がり、彼女の前で礼儀正しく訊いた。なるべく焦って見えないように努めながら。

彼女は束の間私の存在を忘れていたのか、はっと我に返って私を見た。

「おうちはどこ？」

「橋の近くです」

私は町から遠く離れたところにまで来てしまったから、だから、橋がどこにあるのか彼女は知らないとばかり思っていたのに、意外にも彼女は「橋の近く」がどこなのかよく知っていた。

「あ、あそこね？　わかった。でもあなたを一人で帰らせるわけにはいかないわ。もうこんな時間なのよ。おうちの電話番号、教えて。お母さんに迎えにきてもらいましょ」

私は首を横に振った。母がここに来ると、私が家出しようとしていたことがばれてしまう。何よりカバンが証拠だった。荷物でぱんぱんに膨らんだカバン。

「私が車で送ってあげられたらいいんだけど、誰かに見られたら困るのよ。そしたら、きっと彼はすごく腹を立てるわ」

「彼って？」

彼女は今度も私の質問など気にせずに言った。

「お医者さんからも、数週間は絶対に外に出ちゃだめって言われてるの」

「病気なんですか」

　私が訊ねた。

「そうじゃないけど……たぶん、あなたにはわからないわ」

「じゃあ、うちに帰る道だけ教えてください」

「あなたを一人で帰らせて、何かあったら大変よ。そんなことになったら、私は耐えられないわ。あなたはまだ子どもだから」

「子どもじゃありません」

　彼女はしばらく私を見つめた。そして、私の置かれた状況を理解したかのように、私の考えていることなどお見通しだとでもいうように、こう言った。

「じゃあこうしない？　とりあえずカバンはここに置いとくの。そのカバンに何が入ってるかなんてお見通しよ。お母さんが見たら、すごく怒るでしょうね。お母さんには、この近くで遊んでるうちに道に迷ったって言えばいいわ」

　でも私はカバンを置いていきたくなかった。何といっても私の宝物一号なのだから。今度も彼女は、私の心の中を見透かしたように言った。

「カバンはあとで、私の体調がよくなったら、あなたのおうちにこっそり届けてあげるから。お母さんに叱られるよりは、その方がいいと思うけど？」

　私は仕方なく頷いた。

六　ステキなしきもの

　母が私を連れにきたのは、ほんの二十分ほど過ぎた頃だった。彼女が森の中にある家の位置をうまく母に説明できるか、母が複雑で険しい道を通ってその家を探し当てられるか、私は心配していたが、母と一緒に家に帰るときに、それは取り越し苦労だったことがわかった。その日私は、森の中をぐるぐるまわっただけだった。森の中で思い出した怪談――お化けに憑かれた人が道に迷って死ぬ話――はでたらめではなかった。私と母は手をつないで、彼女の家の裏の方にまわった。少し歩くと町に続く未舗装道路に出た。わが家はすぐ近くではなかったけれど、思ったほど遠くはなかった。

　母は彼女の家に入ってきて、娘がお世話になりましたと礼を言った。彼女は、そんなたいしたことではないと言ってからこう付け加えた。

「叱らないでくださいね。怖かったでしょうから」

　外に出たあと、母は絆創膏を貼った私の顔と膝をじっと見ていたかと思うと、やがて自分のマフラーを私のマフラーの上に重ねて巻き、そして私の手を握った。

「帰ろうか」

母はいつも自分の目の行き届かないところで起こったことを知りたがったので、てっきりあれこれ訊くと思ったのに、意外だった。なぜだろう。母は本当に私が道に迷ったと思ったのだろうか。ぎゅっと握りしめられた手が痛かった。その手に娘を心配したり保護しようという気持ちは感じられなかったが、かといって叱責するふうでもなかったし、冷たく突き放す気配もなかった。何だろう。暗闇の中ですれ違う車のヘッドライトが光るたびに、私は母の横顔を見上げた。母はじっと考え込んでおり、私の手ではない、何か別のものを摑みたがっているようにも見えた。そうだ。母の心の中に私は存在しなかった。ついさっきまで私の傷を気遣い、マフラーを巻いてくれたけれど、私が痛い足で息を切らしながら歩調を合わせていることや、ぎゅっと握った手が痛いと思っていることは、頭の片隅にもなかった。私は何だか怖くなって、手が痛いとも、もっとゆっくり歩いてほしいとも言えなかった。

家の近くまで来たとき、私は門の前を行ったり来たりしている父を見た。上着に腕を通さず、ゴムスリッパを履いている様子からして、家に誰もいないのに驚いて外に飛び出したのだろう。

「いったいどこに行ってたんだ。心配したんだぞ」

父が駆け寄ってくるまで、私は母に手を固く握られたままだった。私はうつむいて呼吸を整えた。父は返事を急かすように、もう一度訊いた。

「何があったんだ。いったいどうしたんだ」

母は首を横に振った。

「何でもないわ」

そう言って母は私の手を放し、家の中に入っていった。いきなり手が自由になった私は戸惑った。どこからか永遠に切り離されたような気分だった。私と母はこの町を出てから、どこに行くときも手を握ったり腕を組んだりした。「こうしていると家族みたいね」。いまになって考えてみると、まったくおかしな言い方だ。腕を組もうが手をつなごうが、母と私は家族なのに。

私と家の外に取り残された父は——母が居間に続く引き戸を閉める音が聞こえてきた——複雑な表情で私を見下ろしていたが、やがてズボンが裂けていることと、顔と膝に貼られた絆創膏に気づいた。私は泣きべそをかいて、松林で道に迷ったことを話した。

「だいじょうぶだ。だいじょうぶだよ。そんなこともあるさ」

父はそう言って、私を連れて家の中に入った。引き戸を開けるなり、フライドチキンの匂いがぷうんと漂った。目の前にフライドチキンの入った箱が置いてあった。そう言えば昼間、母に何か食べたいものはないかと訊かれたことを、そして私が——思いつくままに——フライドチキンが食べたいと答えたことを思い出した。覚えているのが不思議なくらい、ずっと昔のことのように思われた。実感すらなかった。まるで一つの夢、それでいて互いにつながりがないので一括りにはできない、粉々に砕けた夢のようだった。その日のことはみんなそうだった。実際に起こったことには間違いなかった。擦り傷、裂けたズボン、そして家の中に充満しているフライドチキンの匂いが、確かな証拠だった。父は寝室に入って母と何やら話をした。ドアに耳を当てたら、どんな話が交わされているのかそれとなくわかるかもしれないけれど、そうする元気もなかった。

しばらくして部屋から出てきた父は、私が顔を洗うのを手伝ってくれたり、部屋の引き出しから着替えを持ってきてくれたりした。その頃の私はもう一人で何でもできたが、その晩は例外だった。夜は父と二人で食べた。

「ママは具合が悪いんだって」

私は頷いた。父はテーブルの脚を広げ、皿とフォークを持ってきて、私が食べやすいようにチキンをほぐしてくれた。私はずっとお腹がすいて倒れそうだったのに、いざテーブルの前に座ると、嘘のように食欲が失せた。

「食べなさい」

私は父が茶碗に入れてくれたチキンを噛んでから、ごくりと呑み込んだ。夕食をすませたあと、父は私の顔にある絆創膏を剥がし、傷跡に薬を塗ってから新たに絆創膏を貼ってくれた。

「家出なんかしたら、ママがとても悲しむだろ？」

顔に絆創膏を貼り終えた父が、私の前髪を軽くなでながらそう言った。

「あたし……家出したんじゃなくて……」

私は父から目を逸らして口ごもった。父はそれには何も答えず、今度は膝に絆創膏を貼りながら言った。

「心配いらないよ」

それが私の傷のことなのか、それとも私が心配しなければならない別のものがあるのか、わからなかった。

その夜、母の顔を見ることはなかった。明け方、目を覚ました私は、トイレで前の晩に食べたフライドチキンをすべて戻した。以前にも吐いたことはあったが、両親の助けを得られなかったのは初めてだった。もちろん両親の寝室のドアを叩いて、助けてほしいと、面倒を見てほしいと言うことはできた。そしたら、母も父も快く手を差し伸べてくれたはずだ。でもそうしなかった。なぜだろう。私は力尽きていた。口をゆすいで涙を拭いたあと、這うようにして部屋に戻り、ベッドに潜った。

　母が私を連れに森の家に来たときの表情を思い出した。私はリビングのソファにおとなしく座って、ドアが開く音と、彼女が母に事情を説明し母が答える声を聞いていた。私は二つの可能性を考えていた。一つは、学校の校門の外で私を見つけたときのような――ほっとしたような――表情を見せるかもしれないと、もう一つは、いつだったか橋の近くでそうしたように、私の頬をぶつかもしれないと思った。ところが、その家のソファに座っている私を見たときの母の顔に表れた感情と行動は、予想とはまったく違うものだった。私はいまでも時折、母がそのときどんな表情で私を見たのか思い出してみる。怒ったような、落胆したような、混乱したような顔。母は何を考えていたのだろう。どんな感情を抱いていたのか。それから数か月間、その町を出ていくまでの母は、自制心を失った人のように見えた。これは私の言葉ではなく、当時、母と言い争うときに父が使っていた表現だ。「君はいま完全に自制心を失っている」と。その頃、私に接する母の態度には一貫性がなかった。あるときは言葉では言い表わせないほどの愛情を注いだかと思うと、またあるときは――森の家から私を連れて帰ってきたときのように――私の存在を完全に忘れてしまったかのようだった。私はそんな母の態度に戸惑った。でもそれには相通じるものがあったのかもしれない。母は私の存在を絶対に忘れたくないから、むしろ愛情を注いだのではないだろうか。母は後悔したかもしれない。でも、何を後悔したというのか。私を産んだこと？　母親になったこと？

　後日、母が島で生まれたことを知ったとき、こっそりその島を抜け出したのだと聞いたとき、私はこの日の出来事を思い出した。それからは時折、母にこの日のこと――私が〝失踪〟しようとした日――について話したいと思った。べつに深刻な意図があったわけではない。ただ母と私には共通点があると言いたかっただけだ。「私はママに似たのね。こういうの、母と娘は似るって言うから」。もし冗談っぽくそう言ったら母は何と答えただろう。たとえば、病床にいる母を見ながら思った。母は遠ざかる島を見ながらどんな人生を夢見たのだろう。母が本当に望んだ人生とはどんなものだったのだろうと。似たような話をしたことはあった。もっと冗談めかして私たちの共通点について話すべきだったのに、そうはできなかった。私はこう訊いた。藪から棒に。後悔したことはないのかと。私がそんな質問をしたのは初めてだった。母はしばらく考えてから答えた。「いま、あんたが幸せそうでとても嬉しい」。私は首を横に振って、もう一度同じ質問をした。自分の人生を振り返って悔やまれることを何一つ言えないとしたら、しかもそれが私の母だとしたら、私はその人生をどのように受け止めたらよいのだろう。母は食堂のメニューでも選ぶような口調で、一度だけあると答えた。「妹が死んだときと、妹の息子が死んだとき、それから妹の夫が死んだとき、私は知っていたのにお葬式に行かなかったのよ。あんたを連れて行かなかったのが悔やまれるわ」。母は私にも彼らの死を悼んでほしかったと言ったが、私はこう答えた。「ママ、私はその人たちの顔も知らないのよ」。母はそれもそうねというふうに頷いた。それから、弁明でもするかのように言った。「正直言って、そんなに後悔しているわけじゃないのよ。無理に考えているうちに思い出しただけ」

　ユン・イソのことで言い争って以来、夫と私はほとんど会話をしなかった。以前はそんなことがあると、私が先に謝った。謝りながら、いつも心の中で言い訳をした。あの人は仕事で忙しいし、ストレスも溜まっているから。彼は私たちが幸せに暮らせるように努力しているのよ……。でも今回は、そんな気分ではなかった。夫が仕事に行ったあとは書斎にこもって『ステキなしきもの』の翻訳をしたり、ユン・イソが出演した〈また別の女〉を観たりして過ごした。夫は相変わらず残業が多く、それどころか会社に泊まってくる日もあった。私は夫が下着と靴下を買って事務所に置いていることを知っていたが、知らないふりをしていた。もちろん、こんな想像もした。夫は女に会っているかもしれない。浮気をしているかもしれない。もしそうだとしたら、私はどんな選択をするだろう。生活の一部が崩れ、それがさらけ出されるのに耐えられるだろうか。そのとき母はどんな助言をするだろう。あんたの人生、あんたの幸せ、あんたの安全。私はこれらの言葉が実質的に私に返してくれたものについて考えた。私にどう密着しているかについて考えた。私は母を恨めしく思い、その裏には罪悪感があった。

　夜遅く帰ってきた夫はベッドに入るなり眠りに落ち、私は寝そびれてこっそり——こそこそしなくてもいいのに、そんな態度が身に染みついていることにあらためて気づいた——起き上がった。私は書斎に行き、電気をつけた。机の上には、昼間、訳しかけた『ステキなしきもの』の一部分がそのままになっていた。

「庭に出たお父さんは、かわいいこぐまが眠っているのを見つけました」という文章と、まるで子犬のような小熊を胸に抱いた男の人の絵。

私は本を閉じて〈また別の女〉を観始めた。デスクトップパソコンにイヤホンをつなぎ、部屋の電気を消した。暗がりの中で椅子に膝を立てて座り、イヤホンを耳につけたあと、画面に集中した。それまではユン・イソが出てくるシーンだけを選んで観ていたが、今度は彼女が出てこない回も、いや、ユン・イソが出てこない回を中心に観た。そのくせ私は、画面の中のどこかに彼女が座っている姿を思い描いた。彼女は忘年会に着ていくような華やかな服を着て、姿勢を正して足を組んでいた。カフェの中で。過去に愛した女に別れを告げる男主人公と、別れを告げられている女の間で。リビングで声高に叫んでいる男主人公の両親のいる傍らのソファで。恋に落ちて途方に暮れ、ベッドの上でうつぶせている女主人公の足元で。彼女はどこにいても、すべてを理解しているかのような表情で座っていた。

二月も終わりに近づいたある日、夫のいびきを聞きながら、ふとこんなことが気になった。なぜ夫は一瞬にして眠りに落ちてしまうのか、なぜ眠る前に、後悔したり後ろめたさを感じたり、虚しい希望や幻想に陥らないのだろう。あ、そうだ。私は思い出した。夫が母の故郷で起こったスパイ捏造事件について「誰の身にも起こりうることなんだ」と言ったことを。なぜ平気な顔をしてそんなことが言えるのだろう。彼の規則的な息遣いを聞きながら、私と夫は違う時空間に属する、まったく別世界の人間、見知らぬ存在ではないかと思った。私はベッドからこっそり――今度もまたこっそり――抜け出して、書斎に入った。今度はユン・イソとは関係のないものが見たくなった。私は夫のスクラップブックをめくった。そのうち、母の故郷に関する記事を見つけた。

一九七一年、東海《トンヘ》でイカ釣り漁船〝チョンパ号〟に乗っていた尹《ユン》氏は、操業中に台風に遭い、北朝鮮の水域を越えた。北朝鮮の艦艇に拿捕されて一年余り抑留されたのち、一九七二年に帰国したが、反共法上、越北の疑いで起訴され、懲役一年、執行猶予三年の実刑判決を宣告された。〝拉致漁師〟という烙印を押されたため操業ができなくなった尹氏は、全国各地を渡り歩いているうちにミグム島に定着した。尹氏はその島に定着して再び操業を始め、結婚し子どももうけた。ところが一九八三年、平凡な暮らしをしていた尹氏のところに、全州《チョンジュ》から保安司令部の捜査官らが訪ねてきた。捜査官らは、越北の件で実刑判決を宣告され、刑の執行を終えた尹氏を固定スパイとして全州に連行し、ありとあらゆる拷問と暴行を加えて自白を強いた。尹氏は自白し、二十年の刑を宣告された。その後、十五年間の服役を終え、一九九九年五月に出所したが、そのときはもう家族は散り散りばらばらになっていた。とりわけ尹氏の息子は〝アカの息子〟だと後ろ指をさされたことに耐えきれず、尹氏が出所する三か月前に自殺していたことが判明し、大きな衝撃を与えた。家族に迷惑をかけることを恐れた尹氏は誰とも連絡を絶ち、一人で暮らした。真実和解委員会が発足してから数年後の二〇一一年末、尹氏は委員会に真実の究明を要請した。しかし、数か月後の二〇一二年二月に心臓麻痺で死亡。真実和解委員会の決定を見ることはできなかった。

ミグム島。まさに母が生まれ、逃げ出すのに——母はその島を一九七三年に離れ、十一年後に私を産んだ——成功した島の名前だった。私は母の故郷がこんなふうにだけ記憶されているのが嫌で、他の記事も探してみた。最初に表示された記事の見出しはこうだった。「〝最後の対局〟イ・セドルの特別応援団……家族と故郷の住民」。こんなものもあった。「韓国水力原子力、ミグム島に３００メガワットの太陽光発電所建設」。またこんなのも。「五か月間、二億六千万ウォンの赤字を出した島を高速バスが走る理由は?」。もちろん、悲劇的な事件もあった。「ＬＰＧ運搬船が漁船と衝突、船員一人が死亡」または「新安《シナン》ミグム島の貯水池で七十代女性の遺体が発見」というものなど。私はこれらの記事をすべてプリントアウトした。

翌日、私は文房具店に行ってスクラップブックを一つ買った。そして前の晩にプリントアウトしておいた記事を一枚ずつ入れた。夫のやり方を真似て、プリントした紙をハサミで切ったり、貼りつけたりした。数日間、私は翻訳をする片手間にミグム島に関する記事を探し、スクラップした。やれるだけのことをやったあと、今度はユン・イソに関する記事も探してみようと思った。何日も検索しているうちにコツがつかめた。私は記事をアーカイブしてあるウエブサイトを見つけて「ユン・イソ」を検索し、最も古い記事が一番上になるように設定した。まず目についたのは、彼女が『ドーベルマン』という映画で主演女優賞を受賞したことに関する記事だった。彼女は受賞後のインタビューでこう語った。「俳優ですか？　私に生きていく力を与えてくれます。何度も生きられるんです。九尾の狐みたいに」。古い記事から順に見出しを見ていくと、俳優としての彼女のキャリアが壊れつつあるのがわかった。こんな記事もあった。富豪だった父親が死んだあと、彼女が全財産を譲り受けたという記事、九歳年下の男性とつき合っていたが別れたという記事、公の場で撮った写真をめぐって整形の疑惑が持ち上がった記事、数年前にしばらく仕事を休んでいるときにこっそり太ったところを撮られた写真まで……赤裸々に暴かれた彼女の生活。しかし時間が経つにつれ、誰も彼女のことに関心を持たなくなった。哀れな人。私は彼女がなぜ急に姿を消したのか、わかるような気がした。わからないはずがない。耐えがたいことだった。私はすべての記事を一つ残らずプリントアウトした。それはミグム島に関するものよりはるかに量が多かったので、スクラップブックをもう一つ買った。そしてミグム島に関する記事を先に、そのあとにユン・イソに関するものを入れて、一冊にまとめた。理由はわからないけれど、この二つの話が同じスクラップブックに入っていることで安心し、満足した気持ちになった。

彼女——森の中に住む女の人——は、私との約束を守らなかった。カバンを持ってきてくれなかったのだ。初めの数日は、彼女がカバンを持ってきたときに母と出くわすのではないかと思うと、気が気ではなかった。実のところ、私が道に迷ったのではないことぐらい母も気づいていたので、カバンを持った彼女と鉢合わせしても、たいしたことじゃないかもしれない。でも私がそこまで緻密に嘘をつくつもりでいたことを、母に知られたくなかった。結局、そんな心配をするのは時間の無駄だとわかった。私はカバンを失くしてしまったのだ。カバンが私から離れてしまったことで、もしくは軽率にも他人の家にカバンを置いてきてしまったことで、私は心の片隅が痛み、悔しくてならなかったが、カバンを取り戻すすべがなかった。彼女の家に訪ねていくなんてことはありえなかった。道も覚えていないし、あれから彼女の家はおろか、松林にも近づかなかったのだ。その年の冬休み、掘削機が松の木を引き抜きに来たときも行かなかった。寝転んで童話を読んでいる私に、母は洗濯物を畳みながら訊ねた。

「見にいかないの？　あんなに好きだったのに」

　私はどう答えたらよいのかわからなかった。

「もういい。つまんない、あんなの」

　私がそう答えると、母は洗濯物を畳んでいた手を止めて私を見た。私は読んでいた本を閉じ、母のつぎの言葉を待ったけれど、母が何も言わずにまた洗濯物を畳み始めたので、私もまた本を開いた。一月末、冬休みも終わりに近づいた頃、私は焦り始めた。カバンがないと学校に行けない。母に新しいカバンを買ってほしいと言おうか。でも、もしカバンの行方を訊かれたら？　私は母に内緒で、父に新しい通学カバンを買ってほしいとお願いした。幸いにも父は理由を訊かなかった。始業式の日、カバンが変わったことを母に気づかれるのではないかとハラハラしたが、いま思うと、母はとっくに知っていたに違いない。

　その年の旧正月を控えたある日曜日、朝ご飯を食べているときに、父がそれまでなかった提案をした。私を連れてソウルにある自分の家——母にとっては舅と姑のいる家——に行かないかと言いだしたのだ（父は卑怯にも私を言い訳にした。「おまえもおばあちゃん、おじいちゃんに会いたいよな？」と）。父はなぜ突然、そんなことを言いだしたのだろう。母は行かないと言い切った。数日間、父と母はそのことで暇さえあれば言い争い、家の中には冷ややかな空気が漂った。私は父の言うようにおばあちゃんとおじいちゃんに会いたかったし、他の子たちみたいに正月を過ごしたかったので、心の中では父が勝ってくれたらいいのにと思ったが、母は折れなかった。正月休みが始まる日の朝も、二人はまだ冷戦状態だった。父は家を出るとき母に言った。

「僕はいままで君の望みどおりにしてきた。すべての困難を受け入れた。なのに君は……君は……」

　父は私をちらっと見てから口をつぐみ、家を出ていった。母は平常心を保とうと努めているようだったが、その日はうまくいかなかった。母はいつもの正月とおなじように、チャジャン麵を頼んでくれ、ジャムを塗った食パンや即席麵も用意してくれたが、母自身は食べようとしなかった。本を開き、テレビをつけても、集中できないでいた。かと思うとぼんやり物思いにふけっているとき、ふと思い出したように私の名前を呼んだ。私が近寄ると、母は私をぎゅっと抱きしめて耳元で囁いた。「ママがあんたのこと、どんなに愛してるか知ってるよね？」

　その日、母は新聞を開いて映画の番組表を探さなかったし、夜は体調が悪いと言って早々と部屋に戻った。

　正月の朝、私はリビングにある電話の音で目を覚ました。夢うつつ父がかけてきた電話だろうと思い（父以外の誰が正月の朝に電話をかけてくるだろう）、それで二人が仲直りしてくれたら、今晩はまた母が映画を観るだろうと思って安心した。ところが、電話をかけてきたのは父ではなかった。話し方でわかったのだ。母はていねいな口調で話していた。まったく見知らぬ人に対して使う言葉だ。電話を切ったあと母は私の部屋に入ってきて、出かける支度をするようにと言った。

「どこに行くの？」

私は目を擦りながら訊ねた。電話をかけてきたのはなんと、森の中に住む女の人だったのだ。

「私たちを家に招待したいんですって」

私は驚いた。なぜなら、町の誰ともつき合おうとしなかった母が彼女の招待に応じたからだ。いま思うと、いろいろ複雑な要素が作動したのだろう。母も父からかかってきた電話だと思っただろうし、父ではなかったのでがっかりしたはずだ。いや。もっと単純な理由かもしれない。単に自分の娘を助けてくれた人の申し出を受け入れただけかも。あるいは、彼女のある一面が母を惹きつけたとか（この最後の陳述は、事態が収拾したあとようやく完成する意味のない述懐かもしれない。でも、この世に意味のある陳述なんてあるだろうか）。ともかく、私は顔を洗い、歯を磨きながら、これでよかったと思った。あそこに行ったら、母に見つからないようにカバンを取り戻せる。黒いウールのズボンに青のセーターを着て、その上に紺色のコートを羽織った母が、私に小花柄のベルベットワンピースとストッキングを差し出したとき、私はカバン――父に新たに買ってもらったカバンの中に、置いてきたカバンを押し込むつもりだった――を持っていきたいと言った。自信なさげな声で。そんなつもりはなかったが、自然とそうなった。

「なあに？　またカバンを失くすつもり？」

母はそう答えてからすぐに後悔したようだった。

「いいわ。そうしなさい」

私たちは彼女の家に行く前に、バスに乗って市内に出た。「買いたいものがあるのよ」と母が言った。それ以前にも母と市――市は決まった日にだけ立った――に行ったことはあるけれど、その日母が私を連れていったところは、商品がきれいに陳列され、その上を白い照明が照らしている大型スーパーだった（母はその存在をどうやって知ったのだろう。後日私は、母がその町の内外にあるものを知り尽くしていたことを知った）。母は慎重に彼女の家に持っていくものを選んだ。トイレットペーパー、インスタントコーヒー、洗剤……の前で足を止めた母は、かぶりを振りながら、こんなのは要らないわねと独り言をつぶやいた。梨はもう少しで選ばれるところだったが、残念ながら脱落した。母は梨の箱を下ろしてから、私を見てにっこり微笑んだ。「いいこと思いついたわ」。最終的に落札したのは、私が一度も食べたことのない、それどころか名前すら知らない果物の盛り合わせかごだった。母は父と喧嘩したことなどすっかり忘れたようだった。あたかも正月映画や本によって新たな知識を得たときのように、自信に満ちあふれていた。ただプレゼントを選び、一度も買ったことのないものを購入しただけなのに。

私たちが彼女の家に着いたとき、石塀の突き当たり、右側のベランダ脇に白いセダンが停まっていた。私は初め気づかなかった。先に見つけたのは母だった（車は、私が泣きべそをかいてドアベルを押したその日も停まっていたことが判明した）。母と私は車の前で立ち止まった。

「ママ。おばちゃん、運転できるんだね」。私がそう言うと、母は捉えどころのない微妙な言い方をした。

「そうね。とっても素敵ね」

町で自家用車を持っている人はいなかった。校庭に停めてある先生たちの車も、この白いセダンに比べたら見る影もなかった。ドアを開けたときの彼女の姿は、私を感嘆させるのに十分だった。少し目が腫れていたが、パジャマは着ていなかったし、ショールも巻いていなかった。マグカップも持っていなかった。青白かった頬は赤みを帯びていた（のちに、それは化粧をしていたからだと知った）。まつ毛は長くカールしており、唇には赤い口紅が塗られていた。彼女が少し顔を動かすたびに、真珠のイヤリングが揺れた。長い髪の毛先にはウェーブがかかっており、ふわっと広がった草色のワンピースに施された刺繍が輝いていた。そんなおしゃれな女の人を見るのは初めてだったので（母が市内に出かけるときに着飾るのとは比べものにならなかった）、胸がどきどきした。あんまりどきどきするので、いい感情なのか悪い感情なのか区別がつかなかった（のちに、目を見張るほど美しい女性を見ると、とっさにそのような曖昧で奇妙な感情を抱くのだということを知った）。母は彼女を見てどう思っただろう。動揺はしていないみたいだったけれど。

母は冷静にこう言った。

「先日は、この子がお世話になりました」

「あ、いえ。当然のことをしたまでです。さあ、お入りください」

彼女はまるで早く本論に入りたいかのように、私たちをキッチンに案内した。リビングを通るとき、母は密かに家の中を見渡し、私は壁暖炉の方をちらっと見やった。暖炉は相変わらず火が消えていた。キッチンはとても広かった。わが家の居間と食堂部屋――食堂部屋だなんて。なんだかみすぼらしく思えた――を合わせたほどの広さだった。キッチンの中央には大理石を敷いたテーブルがあり、その上に料理が並べられていた。彼女は母から受け取った果物かごを後ろのシンク台に置き、見向きもしなかった。

テーブルの上の料理は、どう見ても一貫性がなかった。ステーキとパスタ――もちろん私は、その日、これら料理の名前を初めて知った――サラダと餃子《マンドゥ》スープ、カルビチム、チャプチェ、ジョン、きれいに切った果物にクッキーなど。今度は母が感嘆の声をあげた。

「これ、みんなお一人で？」

「まさか。私は料理ができないので昨日、人に頼んで作ってもらったんです」

「その方はどちらに？」

「帰りました。お正月だから」

母はわかったというふうに頷いた。

「さあ、どうぞ」

母と私は並んで座った。

「今日、本当は来るはずの人が来なかったの。一人で食べるには多すぎるでしょ？　かといって捨てるわけにもいかないし。この町には知り合いもいないから。そのとき、このお嬢ちゃんのことを思い出したんです。もしかしたらと思って電話をかけてみたんだけど、来てくださるなんて。

もう嬉しくて嬉しくて」

彼女はおおげさにそう言うと、ワインを一本持ってきて向かいに座った。ワインを見たのも生まれて初めてだった（母は見たことがあっただろうか？）。父が出張に行って買ってきた酒はたいていウイスキーだったし、私はそれに触れることも禁じられていた。テーブルの上にはワイングラスが二つしかなかったので、彼女はもう一つ持ってきた。そして母と自分のグラスにワインを注ぎ、私のグラスにはぶどうジュースを注いだ。

「こうするのは失礼ですか」

彼女が訊いた。

「いいえ」

母がかぶりを振った。母は酒を飲むだろうか。わが家で酒を飲む人はいなかった。父は時折、仕事で酒を飲んで帰ってくることもあったけれど、私はいつも先に寝ていた。父は酒に酔って娘を起こしたりはしなかった。母は（今度もまた、こっそり）、彼女がワイングラスを揺らしてから口に入れるのをじっと見ていた（おそらく、ワイングラスの持ち方を見ていたのだろう）。しばらくして母は、ワイングラスを揺らさずに口に運んだ。それを少し、ほんの少しだけ飲んでから、テーブルの上に下ろした。そして、私を見て微笑んだ。私はワイングラスに入ったぶどうジュースを飲んだ。まるで本物のワインを飲んでいるみたいで、誇らしい気分になった。

「こっそり引っ越してきたんですね。全然知りませんでした。この町の人もたぶん、ここに誰が住んでいるのか知らないでしょう」

彼女はワイングラスを下ろし、深刻な話でもするかのように言った。

「あ、違うの。引っ越しじゃなくて、療養してるんです。ひと月だけのつもりが、もう二か月になっちゃった」

「いつまでここに？」

「いつまでかしら。私はすぐにでも帰りたいんだけど。居ても立っても居られないの。ここは退屈すぎて……」

そう言って彼女はワインをもう一杯飲み、母に訊いた。

「おいくつですか」

でも彼女は、母が答えるよりも先に手をぱたぱた振りながら言った。

「ごめんなさい。失礼なこと、訊いちゃだめよね。私は二十六歳です。ううん、二十七歳です」

そして私を見て言った。

「あなたはもうすぐ十歳ね」

私はチャプチェをもぐもぐ食べながら頷いた。彼女は残りのワインを飲み干して言った。

「ほんと賢い子だわ。こんな娘さんがいて幸せですね」

母は私を見て、頭をなでながらこくりと頷いた。

「これくらいの頃って、自分が大人だと思ってるのよね」

私は弱みを握られたような気がして、ぶどうジュースを酒だと思うのをやめた。

「お酒を飲むペースが速すぎません？」

「ええ。本当は飲んじゃいけないんですけど」

彼女はそう言いながら二杯目のグラスを空けた。料理にはまったく手をつけず、ワインばかり飲んでいた。あたかも自分が飲んでいるところを見てほしくて、母と私を呼んだかのように。いったん酔いがまわると、彼女はいろいろな話を吐き出した。母は何度も話の腰を折ろうとしたが、その都度しくじった。そのうちたまりかねて、私をリビングに連れていきテレビをつけた（母はリモコンの使い方を知らなかったので慌てていた）。

「テレビでも見てなさい」

私はこくりと頷いた。

「ママ。妻子持ちってなあに？」

母は考えた末にこう答えた。

「いいのよ、そんなこと」

母はテレビのボリュームを上げてからキッチンに戻った。私は二人の話を盗み聞きしたくてキッチンの方に耳を澄ましたが、ほとんどわからなかった。リビングにいる私にもわかったのは、彼女がものすごい勢いで話していることだった。突然大きな声で笑ったかと思うと、急にわっと泣きだしたりした。アニメーション映画を観ながら、私はふとカバンのことを思い出した。カバンを探す絶好のチャンスだった。私はこっそり立ち上がり、リビングの中を歩きまわりながらカバンのありそうなところを探した。しかし、いくら探しても見当たらないので、寝室だと思われる部屋のドアをそっと開けて、中に入った。

カーテンが閉まっていたその部屋の中は暗く、ベッドの上には服——白いワンピースとアーガイル柄のチョッキ、ベージュ色のシルクパジャマなど——が散らかっていた。私はそれらの服を見てから、鏡台の方に視線を向けた。写真立てが一つ、ふせてあった。そういえば、この家のリビングには家族写真が飾られていなかった。私はその写真立てを立てた。

部屋の外で騒がしい音がした。私はトイレに行くところだと言い訳をしようと思ったが、母は私のことなど気にも留めなかった。母は彼女を支え、私は彼女の顔を見た。髪の毛はぼさぼさで、右目のマスカラが取れていた。口紅が取れた唇は青ざめていたし、酒を飲んだせいか化粧した肌はまだらになっていた。私は人間の美しさが一瞬にして頽落《たいらく》しうることに、頽落しても変わらず美しさを保てることに驚いた。まるで真夜中の十二時に魔法が解けたシンデレラのようだった。灰まみれ。美しい灰まみれ。母は彼女をソファに寝かせ、リモコンを探してテレビを消した。今度は慌てなかった。母は何でも一度使うと慣れてしまう。彼女は母の服を引っ張って、私を一人にしないで、帰らないで、と泣きじゃくった。目からは涙が流れ続け、それがあまりにドラマチックだったので、嘘泣きではないかと思うほどだった。母は彼女に、ひと眠りすれば気分もすっきりするだろうと言ったが、彼女はなおもすすり泣いていた。

「この前、子どもを堕ろしちゃったの。中絶手術をして」

母は迷わず寝室にすたすた入っていき、毛布を持って出てきた。それを彼女にかけてやった。彼女は目を閉じてすすり泣きながら、毛布を胸の辺りにまで引き上げて言った。

「これで二回目なの」

母は枕元に座って彼女の肩を擦りながら、囁くように言った。

「だいじょうぶですよ。きっとだいじょうぶ」


家に帰る途中、私は母に訊ねた。

「ママ、中絶ってなに？」

母はためらわずに答えた。

「お腹の中の赤ちゃんを失ってしまうことよ」

もっとくわしく訊きたかったが、母はそれ以上何も言うまいと思っているようだった。

「ママ、あのおばちゃん（彼女のことを何と呼べばいいのかずっと迷っていたが、彼女が妊娠したことがあると聞いて、おばちゃんと呼ぶことにした）は、どうしてあんなに泣いてたの？」

今度は少し考える時間が必要だったようだ。しばらくして母が言った。

「お酒に酔ったんでしょ。お酒に酔うと分別を失うのよ」

母もワインを二、三杯飲んだことを、私は知っていた。

「じゃあママも酔った？　ママも分別を失う？」

母が答えた。

「ううん、ママが分別を失うことなんて絶対ないわよ」

家に帰ってきた母は、私に昨日の新聞を持ってくるようにと言った。私たちは一緒に新聞を広げ、映画の番組表を探した。その日の晩は『インディ・ジョーンズ』があった。母は観たことのない映画だと言った。「一緒に観るよね？」と母が訊いた。

夜、父から電話がかかってきたとき、母は父に謝った。私はずっと母のそばに立って聞いていた。母はごめんなさいと謝ったきり、何も言わなかった。そのとき父が何を話したのか、いまでもわからない。私たちがその町を出て行ったのち、両親が会ってどんな話をしたのかわからないように。父の話をずっと黙って聞いていた母は、受話器を私に差し出した。父は私に会いたいと言った。私も父に会いたいと答えた。

その晩、母と私は並んで『インディ・ジョーンズ』を観た。母はあっという間に映画の世界にのめり込んだ。ふと、大人びた口をきく同じクラスの女子たちが頭に浮かんだ。その子たちは「ムグンファの花が咲きました［「だるまさんが転んだ」に似た遊び］」みたいなゲームはもうやりたくないと言った。「興味なくなったんだよね」。私は母と一緒に観る映画や、父に買ってもらった本に「興味を持って」いた。もしかしたら母は、森の彼女に興味を持ったのかもしれない。彼女が持っているものは、母が持っているものと全然違っていた。つまり母は彼女を、彼女の家を、彼女の車を、食卓を、化粧品や服を、彼女の美しさを、興味深く受け入れていたのかもしれない。しかしいま考えると、母が彼女に持っていた感情はそれよりもずっと複雑で、説明しづらいものを含んでいた。母は彼女の境遇に心を動かされたのだろうか。当時、母が彼女に対して見せた関心には、不思議なことに一貫性がなかった。母は彼女の美しさには冷ややかだったが、食卓の料理に感嘆した。酒を飲むことには非難めいた目を向けたが、泣いている彼女を赤ん坊のようにあやした。その日、私は『インディ・ジョーンズ』に魅入っている母を見ながら、森の彼女に興味を持っているだけなら、母があの家に行くことはもうないだろうと思った。「興味なくなったんだよね」と言って。母が彼女に見せる一見気まぐれな関心は、そのうち失せるに違いない。

ところが、私の予想は見事に外れてしまった。

お正月の連休が終わり春休みが始まった頃、彼女からまた電話がかかってきた。母は私を連れて彼女の家に行った。今度は何も買っていかなかった。訪問する回数が増えるにつれ（いつも彼女が先に電話をかけてきた。母が電話をかけることはなかったと思う）、母は彼女の家にあるもの——冬に使うこともないエアコンまで——を使えるようになった。ただ、壁暖炉だけはどうすることもできなかった。私たちは一緒におやつを食べたり、トランプをしたりした。時々、彼女は歌を歌った。彼女は歌が上手だった。そのうち彼女が泣き言を言いはじめると、母は私にリビングでテレビを見ていなさいと言いつけた。その間、私はカバンを探した。いったん自分の手を離れると——自分の意志であれ、他人の意志であれ——往々にしてそうだが、カバンへの私の愛着は薄れていった。彼女は酒を飲んで涙を流し、子どものように母にすがりついた。母は彼女にていねいな言葉を使い、彼女は母のことを「お姉さん《オンニ》」と呼んだ。「お姉さんがいなかったら、私はきっとさみしくて死んでるわ」。春休みの間じゅう、酒に酔った彼女を支え、勇気づける母を、私はそばで見守った。家に帰る途中、母は言った。

「分別を失ってるのよ」

新学期が始まってからは、母は一人で彼女の家に行った。娘が学校にいる間に行くと、彼女と約束していたのかもしれない。特に変わったことはなかった。私は相変わらず母とバスに乗って登校し、放課後に友達と遊ぶ日は、決められた時間に校門の前で母と会って一緒に家に帰ってきた。バスの中で私は母に今日あったことをあれこれ話し、母は私を見てにっこり笑った。ひと月に一度、両親とバスに乗って市内に行き、洋食レストランで食事をして映画館で映画を観るのも変わらなかった。母は彼女の話を父にはしなかったし、私もそうだった。時折、父に彼女のことを話したくなるときがあった。父と母がそれぞれ違ったやり方で孤軍奮闘していると思うときや、母が私のことを忘れているのではないかと不安になるときに。母の心の中に父と私が入っていけない空間があるのを感じるときに。それでも私は父に話さなかった。もし話していたらどうなっていただろう。余計なことを考えるのはよそう。なぜなら、捨てられたのはむしろ母と私であって、父と私ではなかったからだ。

　後日、私はこんなことを考えた。母にとって森の彼女は「スカーレット・オハラ」のような存在だったのではないかと。もちろん、彼女も華やかで美しかったが——こんな冷たい言い方をするのは気が引けるが——スカーレット・オハラみたいに自分の人生を切り開こうとする、決断力のある人ではなかった。ただ母にとってはスカーレット・オハラも森の彼女も、高嶺の花であり、自分とは違う人生を生きた女たちだった。

　三月になり、夫は会社の仕事に余裕ができたのか、残業が減り、会社で泊まることもなくなった。私は一週間に一回、大学で授業をし、家ではスクラップブックを作ったり翻訳をしたりした。夫は自分で買った下着を持って帰ってこなかった。私はその下着が事務所の机の引き出しに入っているところを、そして夫が事務室のドアを閉めて着替えるところを想像をした。私たちは気まずい雰囲気のまま、状況を揉み消した。私はどうしてユン・イソがそんなふうに消えたのか、周りはどうして彼女がそんな扱いを受けるのを放っておいたのか、その訳を夫に訊きたかったが、できなかった。彼が腹を立てるのも嫌だったし、そんなことがなぜ気になるのかと訊かれたら、答える自信もなかったからだ。

二週間ほど経って翻訳もほぼ終わり、私は久しぶりに大学の同級生の集まりに出かけた――京畿道《キョンギド》の広州《クァンジュ》に住んでいる友達は来なかった。「子どもの面倒で体がボロボロよ。どこにも行けないんだから！」と言って。私たちは光化門《クァンファムン》にある、豆腐サンドイッチやサラダなどのヘルシーフードが食べられる店で会い、キオスク［セルフ注文端末］で注文した。誰かが、私たちはもうこんな店で食事するほど若くはないと嘆いた。私は急に思い出したかのようにユン・イソの名前を出した。

「ああ、往年の俳優でしょ」

別の誰かがそう言うと、みんな覚えているのか頷いた。

「スキャンダルがすごかったよね。自分よりずっと若い男とつき合ったり。金持ちだから苦労を知らないいんじゃない？」

他の子がそれに受け答えた。

「うらやましい、そんな人生」

「うらやましい？」

そしてさらに別の誰かが、この会話に終止符を打つように言った。

「簡単に手に入れたものはね、簡単に手放すものよ」

私は、ユン・イソは往年の俳優ではないと、どんなに才気あふれる俳優だったのか、彼女たちに説明してやりたかった。また、誰かが代表作は何かと訊ねたが、私が知っているのは〈また別の女〉だけだった。私は苦笑しながらかぶりを振った。そうしてユン・イソは再び葬《ほうむ》られ、私たちは別の話――夫について外国に行った友人や、離婚した友人、流産した友人のことなど――に話題を変えた。

数日後、夫は降伏したのか電話をかけてきて、久しぶりに外食でもしないかと誘った。あまり気が進まなかったが、先に折れた夫を冷たくあしらうわけにもいかなかった。その晩、市内のレストランで食事をしながら夫が言った。

「こんなふうに過ごすのはもうよさないか」

私はこくりと頷いた。

「私もこのところ忙しくて、ちょっとぴりぴりしてたみたい」

「忙しいって？」

夫は私の顔を見ずに訊いた。

「話したでしょ。最近、日本の童話を訳してるって」

「そうだったっけ？」

「うん」

「訳したものを誰が読むんだ？」

え？　訳したものを誰が読むのだろう。私は何も答えなかった。私たちは沈黙の中で食事を終えた。

その日の夜、ベッドに並んで横になったとき、私は夫に言った。

「とっても面白い話があるんだけど、聞きたい？」

夫は聞きたいと言った。

「タイトルは『ステキなしきもの』。その童話にはお父さんと三人の息子が出てくるの。お母さんはいない。初めから出てこないの。死んじゃったのかしら。彼らは山奥でひっそり暮らしていた。理由はわからないけど。三人の息子は、十歳、八歳、六歳。お父さんはこの三兄弟を大切に育てるの。月日が経って、三人の子どもは成長した。成長した子どもたちは、山奥の生活にうんざりするのよね。ここを出ていきたいって思うの。なぜって、あんまり静かで退屈だから。でもお父さんは許してくれない。だからある日、三人は黙ってお父さんのもとを去ってしまうの。お父さんは悲しみに打ちひしがれながら日々を過ごすの。息子たちの帰りを待ちながら。そんなある朝、目を覚ましたら、庭で一頭のクマの赤ちゃんが眠っているのよ。とっても小さなクマの赤ちゃん。かわいい子犬みたいに、すやすや眠ってるの。息をするたびに胸が上がったり下がったりして。道に迷ったのかな。お父さんはそのクマの赤ちゃんを育てることにしたの。人間の赤ちゃんみたいに。一緒に寝て、ご飯も一緒に食べて、いっぱい愛情を注いだ。二人は話はできないけど、目を見るだけで気持ちが通じ合うのよ。そうして春が過ぎ夏が過ぎ秋が過ぎ冬が過ぎ……何度も季節がめぐるうちに、クマはすっかり大きくなった。お父さんは息子たちのことなんか忘れてしまった。だって愛するクマがいるから。大きくなったクマとお父さんは幸せだった。一方、家を出た三人の息子は、都会でつらい目に遭ってたの。詐欺に遭ったり、犯罪者にされたり、物乞いをしたり。とてもうちひしがれていた。残された道はお父さんのもとに戻ること。そこには家もあるし、食べ物だってある……だから三人はお父さんの家に帰るんだけど。そこで何が起こったと思う?」

　夫は答えるはずがなかった。彼はとっくに眠りこけ、いびきをかいていたからだ。私は暗い天井を見つめた。彼は完璧な睡眠のために（夫がこんな歌詞をスクラップしていた。「完璧な人生のための完璧な睡眠：八つの方法」）、夜になると家じゅうの窓に暗幕を張って、光が漏れないようにした。私は時折、こんな闇が怖かった。怖いのは当然なのに、私はそれについて夫に何も言えなかった。ふと、森の彼女の家に初めて行ったとき、彼女が巻きつけていたショールを思い出した。濃い紫色のショール。体にぐるぐる巻きつけても余るほど大きかったショール。その後、母と一緒に何度も彼女の家に行ったが、そのショールを見たことはなかった。ショールはどうなったのだろう。捨てられたのだろうか。おかしなことだった。たった一度見ただけなのに、私が彼女のことを思い出すたびに、そのショールを巻いた姿が頭に浮かぶのだから。それどころか、一番華やかな服を着た彼女を思い出すときも、私の想像の中の彼女は濃い紫色のショールを巻いていた。自分を守るためになくてはならないアイテムでもあるかのように。まるでお守りのように。もしかしたら私は、彼女が永遠にショールを脱がなければいいと思っていたのかもしれない。

　母はそのショールを覚えていただろうか。

いや。覚えていないだろう。そうじゃない。この表現は正しくない。見ていないものをどう記憶するというのだ。母はショールを見ていない、私だけが目撃した彼女の持ち物なのだ。こんなことも思った。母は亡くなる前に、自分の人生を十分に振り返ったと。あふれ出る言葉。それが私を困惑させたと思ったけれど、もしかしたら逆だったかもしれない。私が困惑したとしたら、母が話をしすぎたからではなく、あまりにも話をしなかったからではないだろうか。とりとめのない話をしているように見せかけて、実は選び抜かれた言葉だったのではないか。

　いま思うと、母にはそんなところがあった。口に出して言わなければ、初めからなかったことにできるという確信のようなもの。私もまた、訊くべきことを訊かなかった（これも母親譲りだろうか）。ある種の話をしないことが、母と私が「幸せな」生活をするためによい選択だと信じていた。あ、母は私の質問を待っていたのだろうか。たとえば、母が「あんたのお兄ちゃん」と二回目に言った日――私が犬を飼いたいと言ったあと初めて――のこと。母と私は町からほど近い区立図書館にいた。まだ春になるには少し早い、私が十五歳の年のことだった。とても寒い日だったので、母と私は厚いコートをしっかり着込んで図書館に行った。その時期、私たちはよくそんなふうに二人で図書館に行った。母は私が本を読み、その中の世界を耽読し、好奇心を持つことを望んだ。私が果てしなく遠くにまで手を伸ばすことを望みつつも、同時にあまりにも広い世の中に興味を持つのではないかという恐れも抱いていた。母はびっくりするほど一貫性がない人だったので、私には母が何を望んでいるのかわからなかった。しかしいま、その日を振り返っているいま、思うのだ。母自身は知っていたのだろうかと。自分が娘に何を望んでいたのかを。

その日、資料閲覧室の棚の前で、二人並んで読みたい本を選んでいたとき（その頃、私はすでに母と同じくらいの背丈になっていた）、突然、母が私の耳元で囁いた。秘密をばらすかのように、まるでそれが数日前に起こったことのように。「あんたのお兄ちゃん、死んだのよ」。そう言って母は、棚に並んでいる本の背表紙に視線を移した。絶対に娘の顔など見るもんかといわんばかりに。そのとき私はどんな反応を見せただろう。私は顔色を変えずに答えた。

「知ってるよ」

でも、心の中ではこんなことを問い続けていた。ママ、なぜいまお兄ちゃんの話をするの？　私は母の発言に隠された意図をさぐりたかったが、一方で知らないふりをしていようと思った。母がまだ生きていた頃、私は唐突にこの日のことを思い出すときがあった。病院で母が吐き出す数多くの言葉の中に、この話が出てくることを望んだ。「あのとき私ったら、お兄ちゃんの話をしたよね……」。そう母に言ってほしかったが、結局聞かずじまいだった。

もしかしたらこれらはすべて私の妄想かもしれない。もしかしたら母はとっくに忘れていたかもしれない。いずれにせよ、私はあの日、あそこでそう言った母の意図を永遠に知ることはできない。なぜなら——いまさら言うまでもないが——母はもう死んでしまったのだから。

七　僕たちは失敗したんだ

四年生になり、いろんなことが変わった。まずは学校にいる時間が長くなったので、母は毎朝、お弁当を作ってくれた。周りはお弁当箱を提げて登校し、上級生になった気分を満喫していたが、私は相変わらず母と一緒だったので、そんな気分は味わえなかった。家に帰る途中、母は時々私に訊ねた。

「あんたのクラス、カッコいい男の子はいないの？」

私は首を横に振った。気まずいからでも恥ずかしいからでもなくて、私は男子に何の興味もなかった。男子なんて女子をいじめることしか考えていない。女子たちは腕組みをしてよく「ああ、ほんとレベル低いよね」と言ったものだった。その頃、私は勉強に興味を持っていた。特に好きな科目は算数。私は未知数――たとえば、三角形の二辺の長さを決めてからもう一辺の長さを計算すること、または簡単な一次方程式のようなもの――が好きだった。与えられた条件の中で隠された数字を見つけるのは、とてもかっこよかった。かといって、成績が優秀だったわけではない。母は私の成績をそれほど気にする方ではなかったが、私が父に算数の質問をすると微笑ましく眺めた。のちに母は病床でこんなことを言った。「あんたは算数が好きだったから、数学者か何かになると思ってたわよ」。そのとき、私は裏切られたような気がした。なぜなら、私が高三のとき日本文学科に進学したいと話すと、母はこう言ったのだ。「言葉と文学を勉強するなんて、素晴らしいことだわ」。私が知らない母の「本当の」気持ちは、他にもたくさんあるのだろう。

十歳の頃、私は算数以外にも夢中になったものがあった。水泳だ。その年の四月、同じクラスの女子が何人か水泳を習っているという話を聞いた。プールは市内のデパートの屋上にあった。夏に両親と一緒に海水浴場に行ったことはあるけれど、室内プールには行ったことがなかった。何より、水泳を習うなんて滑稽だと思った。

「泳いだあとは、水着を脱水機に入れるの。そしたら水着がきれいに乾くんだ。水気が飛ぶから。見たことある?」

私はそう訊かれてかぶりを振った。プールに通っているというその子は、うちのクラスでは、男女をひっくるめて一番背が高かった。腕組みをして「興味ない」とか「レベル低い」と言っても、ごくふつうの女の子だ。クラスの中で真っ先に二次性徴が来たのを気にも留めていなかったし、耳にはリボンの形をした金のピアスをしていた。本物だろうか。たぶん本物だ。その子の両親は市内で大きな焼き肉店を営んでおり、学校の先生たちはよくそこに食べにいった。その子が何か話したり頭を動かすたびに、耳についた小さな金のリボンが揺れた。私は時々、ピアスをつけたその子の耳をうっとりと眺めた。

私が水泳を習いたいと言うと、母は意外にもすぐに承諾した。「プールまでどうやって行くか、考えましょ」。市内に暮らす子たちはデパートのシャトルバスに乗ればいいが、うちの町には走っていなかった。一週間に二回、水泳に行く日は、母が放課後、水泳用具を持ってやってきて、一緒に市内行きのバスに乗った。バスの中で母は私にパンや果物を食べさせ、私が泳いでいる間は、ガラス張りの待合室で待った。レッスンが終わると、私たちは再びバスで学校に向かい、学校の前で別のバスに乗り換えて家に帰った。だから水泳に行く日は、たいていうす暗くなった頃に家に着いた。

　母は病床で、この頃のことを話すのが好きだった。「ほんと強行軍だったわよね。あんたがそんなに水泳が好きだって思わなかったのよ」。そうじゃない。正直言って、私は苦労したわりには泳ぎが上手くならなかった。思っていたほど面白くもなかった。水に浮くのはごく自然なことではなかったし、水に入る前に習うものもつまらなかった。水の中で前に進むというのは、私が思っていたのと全然違っていた。一緒に習っていた子たちが水に浮いたとき、私はまだキックボードを使っていた。バタ足のできない私に向かってインストラクターの先生はよく笛を吹いた。でも私はプールの匂い――脱衣室に入ったときから、満ち足りた気分にさせてくれる――が好きだったし、水泳帽とゴーグルをつけるときも――なんだか重大な役目を担った人みたいで――好きだった。あと、脱水機もお気に入りだったのだが、べつにめずらしいからとかではなく、ガタガタまわる音が好きだったのだ。乾燥機の音に神秘さはなかった。ただぐるぐるまわり、自分のやるべきことをやっているだけだった。私は水の中にしばらく潜ってから、水面の外に飛び出る瞬間が好きだった。水面の下ではこの世界と断絶した気分になったが、再び水の外に出て騒音にまみれると煩わしかった。泳いでいるとき、母と目が合う瞬間も好きだった。母は私と目が合うとたいてい手を振ってくれたが、物思いにふけって私に気づかないときもあった。いずれにしても、私はプールで起こるすべてのこと――泳ぐこと以外の――が好きだったのだ。

「力を抜いて、水に体を任せなさい」

母は私にそう忠告した。後日、私は病床の母に訊いたことがあった。

「ママは泳ぐの上手だったんでしょ？」

いきなり何を言い出すのかと言いたげに母は私を見た。

「だって島で生まれたから」

母は黙って私を見ていたが、すぐに微笑んだ。母に妹がいることを知ったのはそのときだった。

「私は下手だったけど、妹は泳ぎが上手だったわ。小さいときは一日じゅう、近くの海で遊んだものよ。うちの母さんが……あんたのおばあちゃんのことね、亡くなってからは私があの子の母親代わりだったの。あの子も私を頼りにしてた。歳の差はわずか四つだったけど、小さい頃はその差が大きかったのよね。仕方なかった。それが私の義務だったから。そりゃ、面倒臭いときもあったわよ。私は毎日、炊事場で過ごしたの。あんたのおじいちゃんが漁に出ている間、私は学校から帰ってきたらかまどの前に座って火を起こして、ご飯を炊いて。九歳のときからそれが私の日常だったの。あの子は私のそばから離れようとしなかった。だから私たちはいつも一緒にいたわ。何でも分け合った。だから、島から出ていきたいって、出ていくつもりだって、あの子には言えなかった。いまでも思うのよね。あのとき正直に話していたら、あの子、私についてきたかしら。それとも止めたかしら。ううん、自分は島に残るって言ったかもしれない。そうね。正直言うと、あの子が一緒に行くって言うかもしれないから黙ってた。私たち二人がいなくなったら、父さんは一人になってしまう。おかしいでしょ？　私はいつだって心の中で父さんを憎んでいたのに、そんなこと思うなんて。父さんを一人にしちゃいけないって。だから、私が心置きなく出て行くためにあの子を残したのよ。いまでも思い出すの。あ、後悔してるんじゃないのよ。本当にそんなんじゃなくて、ただ、他の可能性について考えてみるの……。他の選択……他の生き方……そんなことを。

　島を出て一年ほど経ったとき、私は勇気を出して妹に手紙を書いたの。父さんは役所からの郵便物も開けて見ない人だけれど、私は封筒に偽の名前と住所を書いた。本当の住所は手紙の中に書いて。あ、べつにたいした内容じゃないのよ。一人にさせてごめんとか、そんなんじゃなくて、ただ、日々のことを綴った。手紙はいつもこう締めくくった。父さんに見られるといけないから手紙は燃やしてね、って。私はその頃、木浦《モッポ》市内にある洋品店で働いてた。奥さんにとてもよくしてもらって、住み込みで暮らしてたの。私は妹から返事が来るなんて思ってもいなかった。私だったら返事しないわよ。ところが、返事が来たの。たいしたことは書かれていなかったけど。でもうれしかった。昨日まで一緒にいたみたいで。妹は手紙の最後にこう書いていた。お姉ちゃんの言うとおり手紙は燃やした、って。私たちは時々そうやって手紙のやりとりをしたわ。知らない土地で生きていくのはつらかったけど、ああ、本当につらかった。でもあの子が応援してくれたから、私は勇気を出して放送通信大学の勉強も一生懸命したし、学校の行政室に就職もできた。洋品店をやめるとき、あ、行政室に就職が決まったときね。お店の奥さんが私にワンピースをプレゼントしてくれたの。あんたも知ってるあれよ。私たちが……あの町を出ていくときに捨てた服の一つ。

妹は時々お金も送ってくれた。あ、たいした金額じゃないのよ。ほんとなけなしのお金だったんだけど、あの子はそのお金を私がどう使ったのか知りたがったわ。実際、ほとんど使わなかったんだけどね。私は必死でお金を貯めていたから。ご飯だって、毎日ふかし芋ばかり食べていたの。でも妹には嘘ついて、あんたが送ってくれたお金でおいしいものを食べたよって書いた。あの子は飛び上がって喜んだわ。私はいつかそのお金を妹に返すつもりだった。たまに使わせてもらうときもあったけど。おいしいご飯を食べたりしてね。そんな日は、手紙に食べ物のことをいっぱい書いたの。今日あんたが送ってくれたお金でご飯を食べたよ、良心は痛むけど元気になった、あんたは私のお守りよ、って。

父さんは妹が結婚した年に亡くなったの。一度も私の話をしなかったそうよ。ほんと、すごい人よ。妹は手紙にこう書いていた。『お姉ちゃんと父さんはそっくり。びっくりするほど似てる』。でもね、私はそこまで冷酷じゃない。父さんが亡くなったって聞いたときは悲しかった。悲しすぎて、仕事にも行かずに家で泣いてばかりいた。そのとき妹は二十歳だった。父さんが死んだあと、すぐ結婚したらしいわ。相手も漁師だって。妹は、彼のことを愛してるって言った。たかが二十歳の子が愛について何がわかるの？　私はそう思った。妹はその男に騙されてるんじゃないかって思ってたけど、二人の結婚式の写真を見てちょっと安心したのよね。島にある小さな会館で式だけ挙げたんだって。でも、ちょっと悲しかったな。うまく言えないけど、あの子がもう少し世間を知ったあとで結婚しても遅くないと思ったから。他の選択、他の生き方。でも、どうかしらね。考えてみて。自分では多くの選択肢の中から一つを選んだって思っていても、いつだってそれを選択する可能性は百パーセントなのよ。私の言ってること、わかる？

妹が結婚したあとも、私たちは手紙を交わした。相変わらず、封筒には偽の名前と住所を書いて。あの子の夫も私のことは知らなかったと思う。父さんも亡くなったし、私のことを隠す必要もなかったけど、そのときはもう私たち二人の冗談みたいになっていたのよ。妹は私の手紙を読んだら燃やしてたから。二人だけの秘密ね。まるで特別な姉妹。妹が息子を産んだとき、手紙で知らせてくれたわ。毎年、写真を送ってくれてね。私は甥のためにプレゼントを贈った。会ったことはないのよ。おかしいでしょ？　父さんはいないんだから、島に帰ろうと思えば帰れたのに。何日か泊まってくることだってできたのに。妹が赤ん坊を連れて島を出るのは無理だけど。でも、妹は私に遊びに来いとは言わなかったし、私も一度も島に帰らなかった。妹が結婚したあとも四年ほど、手紙のやり取りをしたかしら。手紙で二人目を妊娠したことを知って……娘が生まれて……それが最後。それ以来、妹に会うことはなかった。何かあったのかって？　そうね。何となく月日が流れてしまったの。私たちはだんだん疎遠になっていった。でも数年前、妹のことが気になって方々を探したの。そしたら、もうずっと前に死んだっていうのよ」

水泳教室に行ってきた日は、私は急いで夕飯を食べ、早めに布団に入った。高いところから落ちる夢をよく見た。いつも体が空を切って地上に落ちる寸前に、自分が夢の中にいることに気づいた。ビクッ。夢の外にある体はビクッとし、私はそれを感じる。体の機能は失せ、あたかも一瞬の凝縮と膨張のためだけに存在しているようだ。そんな夢を怖いとは思わなかったが、かといってスリルがあるとか楽しいものではなかった。

「背が伸びてるんだよ」

父が言った。

「どうしてわかるの？」

「そのうちわかるよ」

父はそう言って満足そうに笑みを浮かべた。当時、私は周りの子たちより小さかった。背も低く、小柄だった。ずっと買取り業者のところに通っていたとしても、あの頃みたいに拍手はしてもらえなかっただろう。町を離れてから、つまり十一歳のとき、私は一年で十センチも背が伸びた。父には見せられなかったけれど。ともあれ父がそう言ったとき、私は森の彼女が「他の子たちより小さいから、パパとママが心配してるでしょ」と言ったのを思い出した。彼女の言ったように、父は内心、私の背が伸びないのを心配していたのかもしれない。新学期が始まると、森の彼女に会うことはなかった。あるとき母に訊ねると、数日前に彼女の家に行ったときも私に会いたがっていたという。

「おばちゃん、いまも分別を失う？」

この言葉――分別を失うという――を声に出してみると、なんだか誇らしい気分になった。それ以来、彼女が酔っ払ったところを見かけなかったので、私は「分別を失う」という言葉の意味をすっかり忘れてしまった。むしろ素敵な大人という意味で受け入れていた。当時の私にはまだドラマチックに言葉を駆使するのはむずかしかった。

「そうね。いまでも時々」

母は正直に答えた。

「おばちゃん、すっごくきれいだよね」

「そうね。すごくきれいね」

「おうちに不思議なものもいっぱいあるよね」

私がそう言うと、母はため息をついてから答えた。

「そうね」

「なのに、どうして分別を失うの？」

母は考え込んだ。私はもう一度質問した。

「ママとおばちゃんはお友達？」

母はやわらかな笑みを浮かべて答えた。

「ええ。ママの**助け**が必要なお友達よ」

ある日の夜、外が何やら騒がしかったので、私は目を覚ました。庭に面した引き戸は大きく開けられており、軒下の黄色い白熱灯が庭を照らしていた。私は目を擦りながらパジャマ姿で庭に下りた。そして門の内側で外を見渡した。うす暗い街路灯が一つしかない暗くて狭い路地に、白のセダンが停まっていた。私はすぐに彼女の車だとわかった。母は屈んで、少し開いた車窓の中に向かって何か言おうとしていた。父は母の後ろに立っていた。後ろ姿を見るだけで、ものすごく怒っているのがわかった。彼女が分別を失っているのも。やがて彼女はクラクションを鳴らし始めた。一回、二回、三回、四回。眠っていた町の犬たちがいっせいに吠えた。

「お願い、やめて」

母がすがるように言った。近所の人たちが起きてきて、苦情を言うかもしれない。私は彼女の顔を見たくてきょろきょろしたけれど、視界には入ってこなかった。彼女の分別を失った様子は想像できた。涙で化粧は崩れているだろうし、髪はぼさぼさに乱れているに違いない。

やがて、彼女はおんおん泣き始めた。彼女の泣き声が車窓の外に洩れたかと思うと、あっという間に路地とわが家の庭に広がった。これはもう分別を失うとかのレベルではなかった。蓄積された苦しみ。私が決して足を踏み入れてはならない猥雑な世界の姿だった。

彼女は泣きながら言った。

「あたしだって戻りたいのよ！　でもどこに戻ればいいの？　捨てられちゃったのに」

父はとっさに振り返り、門のそばに立っている私を見つけた。

「中に入れ」

父の声を聞いたとたん、私は誰かに体を摘まみ出されるような感じに襲われた。

「入れ。早く」

父は私の方に駆け寄り、背中を押した。酒に酔っ払ってむせび泣く彼女をすでに何度も見たけれど、それはいつも彼女の家の中で、しかも明るい光が残っている昼間に起こったことだった。その家で母は泣きじゃくる彼女を慰めたが、それは舞台上の俳優が自分に与えられた役をこなすのと似ていた。

　彼女はむずかり、母は彼女の世話をする。

　母は彼女を軽く咎めることもあれば、露骨に「そんなことしちゃだめ。そんな選択をしたのが間違ってたのよ」と叱責するときもあった。母は、彼女をどうにかして励まそうとした（「だいじょうぶよ。やり直せるわ、何度でも」）。ところがその夜、闇の中に淡い灯りがついたその路地は彼女の居場所ではなかったし、そこで泣くのは不穏で不当なことのように思われた。母はそれ以上、彼女を非難したり、励ましたりしなかった。その代わり哀願した。三人は間違った場所、間違った時間帯に下ろされて戸惑っていた。あ、違う。こう言うと――正直に言って――父にとっては酷だった。間違った場所、間違った時間という言い方そのものが、父には適切ではなかった。なぜなら、父は彼女が誰なのかも、彼女が自分とどんな関わりがあるのかも知らなかったからだ。父にとって適切な場所や時間という概念は、最初から成立しなかった。

　私は灯りの消えた部屋でベッドに座り、両親が戻ってくるまで待つつもりだったが、ベッドの頭側にもたれて眠ってしまった（幼い頃はいつもそんなふうに眠り、大人になってからは夜を明かした。こんなパターンに何か意味を持たせること自体、無意味だとわかっていながらも、やめられなかった）。私が目を覚ましたのは明け方だった。夜中の騒ぎは跡形もなく消え去り、辺りは静寂に包まれていたが、その静けさを貫くように広がっていく不吉な声が聞こえた。私は忍び足で両親の部屋に近寄り、ドアに耳を当てた。父は憤っていた。できるだけ小声で話そうとはしていたが、時々大きな声が洩れた。

「あんな女と関わっていたなんて、君は正気なのか？　いったいどうしたんだ。君は町の人たちと交わろうともしなかったじゃないか」

「私が敏感過ぎるって言ったのはあなたよ。これからはそうならないようにしようと思ったのよ。それって悪いこと？」

「あの女、誰なんだ？」

　母は何も答えなかった。母の沈黙は父の問いに対する答えだった。それ以上何も聞こえてこなかったので、私は盗み聞きをするのをやめ、自分の部屋に戻った。その頃、私を憂鬱にさせていたのは、父がそんなふうに母に腹を立てることだった。特に理解できなかったのは、父が〝それほどまでに〟腹を立てることだった。それまでは父が母に腹を立てるのを見たことがなかった。もちろん、森の彼女が不吉な波紋を投じたからなのだが、幼い私が見ても、それがすべて母のせいだとは思えなかった。ただの偶発的な事故に過ぎなかった。父をそれほどまでに怒らせたのは、母が友達ができたことを隠していたからだろうか。その友達が酒に酔っ払って分別を失ったからだろうか。それとも、彼女が高級な白い車に乗ってきたからか。

「パパは心配性なのよ」

　翌日の朝、私たちが学校に行くバスを待っているとき、母が唐突にそう言った。何も訊いていないのに。ふと、私が〝失踪〟しようとした夜、父が「心配するな」と言ったことを思い出した。

「何を心配してるの？」

私がそう訊ねると、母は私を抱き寄せた。

「うちの大事な娘に何かあっちゃいけないでしょ」

嘘をついている、と私は思った。母は状況をはぐらかそうとしているのだ。当然だ。彼女がうちに来たのと、私の安全と何の関係があるというのだ。彼女が危険人物であるはずがない。もしそうだとしても、私とは関係なかった。以来、父も母も彼女のことを話題に出さなかったが、私は母が時々彼女に会いにいっているのを知っていた。父も知っていただろうか。おそらく知っていた。二人は私が寝入った頃を見計らって、よく言い争った。寝たふりをしていた私はそっと部屋を抜け出し、両親の部屋に耳を澄ました。すると冷静を装った――それでいて、あふれ出す感情に手を持て余していた――声が聞こえた。そんなことが繰り返されるうちに、私は思った。この喧嘩の原因は私にあるのだと。そもそも私がこの家を出ていこうとしなければ、〝失踪〟したいと思わなければ、母と彼女は会うこともなかったのだ。

その日プールで、私はついに水に浮いた。それまでの努力が恥ずかしくなるほど、いつのまにか水に浮いていたのだ。いや違う。虚しいことに、私が何の努力もしなかったから浮いたのだ。母は私が何かを習得し、成し遂げたことを喜んだ。脱衣室に入ってきて、私がシャワーを浴びながら一度水でゆすいだ水着と水泳帽を脱水機に入れるのを手伝ってくれた。母はまわっている脱水機のそばで私に言った。

「ママはあんたが誇らしいわ」

六月。初夏の夕日は、学校から帰ってくるときまでかすかに光を放っていた。満ち足りている。私はそんな感情を抱いた。そうだろうか。その頃の私が満ち足りているなんて思っただろうか。いま振り返ると、その日を特別な一日にしたいという思いが記憶をおおげさにさせているのかもしれない。あるいは、すべてをドラマチックに受け止めたいがために、事実を歪めているとか。でも私ははっきり覚えている。バスを降りたとたん、肌に触れた爽快な夕方の空気などを。

母は歩きながら私に言った。

「つぎは前に進むわよ」

「どうかなあ」

本当は自信たっぷりだったけれど、わざと謙遜して言った。

「難しくないのよ。腕を振って、足で力いっぱい蹴りさえすればいいんだから。そしたら前に進むわ」

しかし、私が腕を振って、足で力いっぱい蹴り、そして水を切って前に進む日は来なかった。なぜかというと、それが最後のレッスンになったからだ。以来、私は水泳を習ったことがない。泳ぎ方を知らない人間とはまさに私のことだ。夫は何かの集まりで私を紹介するとき、冗談めかしてこう言った。

「あ、妻は泳ぎ方を知らないんですよ」

その日、私と母が家に帰ってくると、数人の男の人が家の前をうろついていた。彼らは警察だと言った。私の手を握った母の手が震えているのがわかった。母は震えを隠そうとし、声の調子を整える時間を稼ぐために髪の毛を一度触ってから、何の用かと訊ねた。男たちは私を見下ろした。母は落ち着いた様子で門を開け、私に言った。

「着替えてから、夕飯の準備をしていなさい」

私はおとなしく母の言うとおりにした。今回は盗み聞きしようと思わなかった。服も着替えなかった。私は靴を脱いで家の中に入り、引き戸を開け放したまま、ぼんやりとそのそばに立っていた。しばらくして母が戻ってきた。私たちは目が合った。

母は泣いていた。

母は私に彼女が死んだと伝えた。ソウルにいる彼女の知人が電話をかけても二日間連絡がつかなかったため、警察に通報したところ、すでに服毒自殺をしたあとだったというのだ。遺書はなかったらしい。もちろん、当時の私にはくわしい事情は知らされなかった。母は自殺、特に服毒自殺などという単語は口にも出さなかった。

彼女の死についてくわしく知ったのは、私が二十代も半ばの頃だった。その頃、私は日本語の通訳翻訳大学院に入るための勉強をしていた。ほとんどの時間を大学の図書館で過ごしたが、たまに気分転換をしたいときは、都心にある大型のカフェに行っておいしいコーヒーを注文し、ノートパソコンを開いてあれこれ文章を読んだ。別にたいした文章ではなかった。むしろその頃の私は、使い道のない、価値がなくなったものを見つけては読んでいた。世の中に対して距離を置きたい、そんな気持ちがあった。（音程のわからない）歌詞だけを貼りつけたブログを何度も読んだり、気象庁のホームページに入って昔の天気を見たりするときもあった。またはすでに放送が終了したドラマ——ほとんどが視聴率の取れなかったもの——のコメント欄を読んだり、ときには訃報を見つけては読んだ。見知らぬ故人と、その遺族。もちろん、誰もが新聞に訃報を載せてもらえるわけではなかった。彼らの死は果たして記録されるだけのものだったのか。そんなときふと、森の彼女の名前を思い出した。そして気になった。ずいぶん前のことだけど、彼女の訃報が残っているかもしれない。彼女は訃報を載せてもらえるだけの人だったのか。自殺した人も訃報が残るだろうか。彼女の名前を検索した私は驚いた。父の言ったことを思い出したからだ。

——あの女、誰なんだ？

——あんな女と関わっていたなんて、君は正気なのか？

　私は父がなぜそんな言い方をしたのかいまでもわからないが、ともかくその女が誰なのかはわかった。記事は二年前のものだった。記事には一九八〇年代の末、十九歳の若さで人気絶頂にあった女性歌手が、ある日突然ブラウン管から姿を消したのだが、実は有力政治家の愛人で、二回も中絶を強いられたのち、京畿道《キョンギド》の別荘に監禁させられているときに自殺したと書かれていた。その政治家は彼女の葬儀に顔も出さなければ、遺族に哀悼の意も表さなかった。しかも彼女との関係を否認した。真実を暴いたのは彼女の弟だった。彼女の弟は、最近また政界に復帰して五選の国会議員になったその男が、実はどれだけ醜悪な人間なのか世に知らしめたいと主張した。「彼の顔を見ると姉の死を思い出します。彼が再び政界に現れなかったら、私もここまではやらないと思います」。写真の中の中年男性は、「消えてしまった女の人生を誰が償うのですか」と書かれた小さなピケを持って街頭に立っていた。私が見つけた他の記事ではこう言っていた。「その頃の姉について知っている方を探しています」。その記事は大した反響もなかったようだった。私はさらに関連記事を調べてみた。少なくとも彼女の弟をインタビューしたものの中に、いわゆる大手の新聞社はなかった。記事にはコメントが五つほどついており、その政治家はいまからでも道義的な責任を取るべきだというもの、それは彼女自身が選択した人生だから仕方ないというものがあった。いまさらなぜそんなことを暴露するのかわからないと皮肉るコメントもあった。彼女の写真が載っている記事もあった。肩のフリルが際立つ黒いブラウスを着て、縫い目の部分に赤いチェック模様の入ったゆったりとしたデニムパンツを履き、片手にマイクを持った彼女は、にっこり笑って舞台に立っていた。私の知っている彼女には、こんな活気はなかった。その頃の私は彼女が誰だか知らなかったが——当然だ。彼女は私が幼い頃にブラウン管から姿を消したのだから——母と父は気づいていたはずだ。

その日、たまたま記事を読んだ私は胸が波立った。昔の記憶がしきりに押し寄せてきた。必死で押さえ込んでいた記憶、母も私もあの町を離れたあとは一度も口にしなかった話……。いつのときも私の意識の底で揺らいでいた罪の意識などが、しだいに湧き上がってくるのを感じた。あの日、私が家出をしなかったら……。あの町、両親が別れた町、父が私と母を捨てた町。そして至るところに死んだ人の痕跡があった町。

私は母に記事のことは話さなかったし、忘れようと努めた。それはある程度は成功したと思う。ところが母が病床で自分の人生を振り返り始めたとき——でも不思議なほど、ある種の話には口をつぐんでいた——私は母にその記事について話したくなった。母も読んだことがあるのか訊きたかった。彼女の弟が、姉と親交のあった人を探していたことを知っていたのか気になった。でも、できなかった。私が母に投げかけた質問は、まったく愚かなものだった（ああ、なぜ私はいつもそんな愚かな質問ばかりするのだろう）。そのとき、だから彼女がそんなふうに死んだとき、ママの努力が水の泡になってしまって胸が痛んだ？　と訊ねたのだ。すると母はこう答えた。

「いいえ。だって彼女が選んだことだから」

それが母と彼女について話した最初で最後だった。

もう一つ言っておきたいのは、私のカバンのことだ。カバンは戻ってきた。母が森の家に行っていることや、母と彼女が友情をはぐくんでいることを知っているのは、私と父しかいなかった。その家でカバンを見つけたのは警察で、彼らはわが家を訪ねてきた。のちに私は、カバンのどこにも自分の名前を書いていないことに気づいて驚いた。警察はどうして私のものだとわかったのだろう。もちろん、理由ははっきりしている。めずらしいカバンだったから。そんなカバンを持っている子は、町に私しかいなかった。にもかかわらず、私はこのことを思い出すたびに、ある種の象徴として受け止めた。つまり、人生のある部分は、たとえ名前を消してもいずれ自分のもとに戻ってくるのだと。そしてさらに時間が過ぎると——象徴というものが押しなべてそうであるように——陳腐で毀れやすいものになるのだと。

警察はその後も何度か訪ねてきた（最後に来たとき、私のカバンを返してくれた）。たいした目的も意味もなかった。警察としては、死んだ彼女と親しくしていた人たちの話を訊く必要があったのだろう。しかし父は、警察が母に彼女の死について訊いたこと、警察が家に出入りすることに——父は実際にこう言った。「警察をわが家に出入りさせるなんて。君はどうかしてるよ」——かなり大きな衝撃を受けたようだった。ありえないことが起こったかのように。

あの晩を思い出す。本格的な梅雨が始まる直前の、じっとりと重い空気を肌で感じたある日の夜、私がこっそり両親の寝室に耳を澄ますと、父は母にこう言った。

「僕たちは失敗したんだ」

その単純な言葉を聞いたとたん、私は体じゅうの力が抜けていくようだった。私がベッドに戻ってほどなくして、母が私の部屋に入ってきた。私は夢うつつを装って——母から顔を背けるように、あるいは、母の顔を見なくてすむように——壁の方を向いた。母はベッドの中に入ってきて、片方の手で私を抱き、もう片方の手で私の髪をなでた。

いまでも解けない謎の一つがこれだ。母の友達が自殺し、警察が母を訪ねてきたことが、なぜそれほど父に打撃を与えたのか。二人の結婚生活を失敗に終わらせるようなことなのか。当時、町には微妙な雰囲気が漂っていた。町の人たちは存在すら知らなかった女——しかも華やかな別荘で暮らしていた若い女——の自殺に驚いたが、一方で興味津々だった。彼らは好奇心を隠そうともしなかった。どこにいってもその話で持ちきりだった。そんな中で私は、彼女が死後二日間、放置されていたことを知った。私は隣の家のおばあさんの死を思い出し、誰でもいいから問いたかった。「死んだあと放置される人がいるのはなぜ？」と。無神論者の先生なら何と答えるだろう。彼女には家族がいないから、その死を悲しむ人も、犬の世話をする人もいないからだと思ったが

──もちろん、この考えは間違っていた──それは一方で私を安堵させつつも、さらに残酷な気分にさせた。

　町の人たちは彼女が唯一心を許したのが私の母だったことと、ある日の明け方、彼女が白いセダンに乗ってわが家の前でクラクションを鳴らしたことを噂した。そのうち噂に尾ひれがついて、母が彼女と二人で夜中に車に乗って遊びまわっただの、父と彼女がそういう関係だっただのと噂する人まで現れた。早い話が、私たち家族は世間の注目を浴びたのだ。私にはわかった。登校時に母と一緒にバス停留所に立っていると、周りの人たちが微妙な視線を送ってきた。彼らは私たち家族が何かを隠していると、彼女の死の裏には何かものすごい秘密が隠されていると、信じているようだった（いや、そう願ったのだろう）。町の人たちは私たちを見ても知らんぷりだったし、子どもたちは母に挨拶もしなかった。彼女の葬儀はどのように行われたのだろう。母は彼女の葬儀に行ったのだろうか。わからない。確かなのは、母がプールに行く日をすっかり忘れていたことだった。何日か過ぎたある日、放課後に私を迎えにきた母が突然、大変なことでも思い出したかのように、小さな悲鳴をあげた。

「あ、プール！」

　私はもうプールに行かないと言った。

　それからひと月ほど経った頃だったか、日曜日の朝、目を覚ますと、父の姿がなかった。週末の朝、父が家にいないこともあった。天気がよければ父はスニーカーを履いて町を一周した。私は食堂部屋の引き戸にもたれて、母に用心深く──そうすると事態が変わるかのように──訊ねた。

「パパは？」

母からは、早く顔を洗ってご飯を食べなさいという返事だけが返ってきた。顔を洗い、服を着替え、食堂部屋に戻ってみると、テーブルの上には茶碗が二人分しかなかった。母は私の前にスプーンを置きながら言った。

「これからは私たち二人で食べるのよ」

私はスプーンを持ったまま、母の顔をじっと見つめた。

「うちの家族は、ママとあんただけってことよ」

母はそう言った。そうだ。そうだった。それがまさに「この空の下に、家族は私たち二人しかいないのよ」という母の口癖が始まった瞬間だった。私は泣いただろうか。泣いたと思う。母は私を慰めようとしなかった。私は泣き止むどころか、さらに大声で泣きじゃくった。そのうち声がしゃがれて出なくなるまで。何がそこまで私を悲しませたのだろう。でも、そんなことを疑問に思う必要があるのか。父は私に何も言わずに出ていった。だから母は私にこう言うしかなかった。

「泣かないの。泣いたって無駄よ」

ずいぶん時間が経ったあとでわかった。母のこの言葉は私に向けたのではなく、自分に言い聞かせたのだということを。二人で食事をするようになってからさらにひと月が過ぎた頃、私たちはその町を離れた。その町を離れる日まで、私は母が作る料理を見るたびに、何とも言えない感情を抱いた。あれは何だったのだろう。悲しみ？　喪失感？　無力感？　引っ越しをする日、母がいつも念入りに拭いていたテーブル――母が結婚するときに持ってきたという――をゴミに出したのを見て、ようやくほっと安心した。

　夫と仲直りをしてから、私は日常に戻ろうと努めた。もうスクラップブックも開かなかった。何より、ユン・イソのことを考えるのはよそうと思った。先に和解の手を差し伸べてきた夫を拒んではいけないと思ったからだ。しかし時折、ふとした疑念が頭をもたげた。私の生活？　戻る？　それはどこで、どんなふうに存在していたのだろう。そんなある日の夜、眠っている夫の隣で、私はあの女の人――母の友人であり、森の中に隠れているときに服毒自殺をした――と、彼女のショールを思い出した。今度も私はベッドからそっと抜け出し、書斎に入って電気のスイッチを入れた。机の前に座ったとき、私は数年前に見た記事――彼女の弟が姉の死について訴えていた――をもう一度読みたくなった。ところが不思議なことに、いくら検索をしても記事が見つからなかった。削除されたのだろうか。そんなことがありうるのか？　そのためにはどんなプロセスが必要なのか。私は記事に載っていた彼女の写真が無性に見たくなり、さらに何度も検索してみたが無駄だった。今度はYouTubeで彼女の名前を検索してみることにした。もしかしたらと思うだけで何の期待もしていなかったのだが、意外にも彼女の舞台映像がいくつかアップロードされていた。古い映像なので画質も悪く、再生の時間も短かったが、見つけたのは驚きだった。

　私はイヤホンをつけて、まず最初に「一九八六年　歌謡トップ10：影」というタイトルの映像をクリックした。そこに映っているのは森の中で見た彼女と似ても似つかない人だったので、唖然とした。その人は透けて見える黒いドット柄のブラウスに、ハイウエストのジーンズに身を包み、網目の靴下と赤いハイヒールを履いていた。髪は半分だけ結んでいたが、強く結びすぎているせいか目がつり上がっていた。歌はミディアムテンポのディスコソングだった。めずらしいものではなかったはずだ。おそらく当時、流行っていた日本のポップスタイルを真似たのだろう。冷静に見て、彼女には歌手としての優れた才能があるようには思えなかった。鼻にかかった声は、高音になるにつれ欠点が耳についた。にもかかわらず、彼女には人を惹きつける何かがあった。だからこそ、多くの人に愛されたのだろう。

　一九九三年の彼女を知っている私は、当時の彼女よりもずっと年上になったあと、ようやく一九八六年の彼女に再会できたというわけだ。森の家でしょっちゅう「分別を失っていた」ショールを巻いた彼女と、舞台の上で女王のごとく観客を魅了させた彼女、どちらが本当の姿だろう。カメラを見つめる彼女の眼差しと、観客席に向けて手を振り、歌を歌っている口元を見ているうちに、心なしか私は、彼女がそのとき何を一番望んでいたのかがわかるような気がした。それは何だったのだろう。舞台の上の時間が終わらなければいいと思う気持ちか、永遠にその時間が続いてほしいと願う気持ちか。しかし、彼女に許された時間はたったの三分余りだった。一回に三分。それだけが彼女の世界だった。何度も見ているうちに、映像の中の彼女と、私が会ったことのある彼女が同一人物のように思えてきた。当時、彼女は私の母にどんな話をしたのだろう。母はなぜ彼女の話を聞いてやったのだろう。なぜ彼女の世話をしたのだろう。なぜ母は**やめられ**なかったのか。母が彼女のために何かをしたように、彼女も母のために何かをしたのだろうか。私はようやく悟った。熱望について。その対象が何であれ、彼女には熱望があった。だから止まらずに、全力疾走しようとした。それがどこに通じる門であれ、執拗に脱出口を探し続けたのだ。

その年の冬、九歳だった私を思い出した。ズボンの膝が破れたところに血のついた、顔に擦り傷だらけの私が、彼女の家のリビングにある華やかで大きなソファに座っている。大きなショールを巻いた彼女は腰に手をあて、私を見下ろしながら思いに耽っている。「ちょっと待ってて」。リビングに一人残された私は、雪の降る窓の外を眺めた。彼女はショールをしたままで、雪に濡れながら薪割りをしている。斧を握った両手をどんなに激しく振り下ろしても、ショールは落ちない。缶ジュースの蓋を開けるほどの力しか出していないようなのに、薪は真っ二つに割れた。私は彼女が薪を割るのを見守る。ほどなくして、薪を抱いた彼女が家の中に入ってくる。ついさっきまで薪を割っていた人とは思えない。顔は汚れていないし、雪に濡れた様子もない。彼女は私ににっこり微笑んでから、暖炉の中に薪を一つひとつ積み上げる。マッチを擦って薪の中に投げる。瞬く間に炎が立ち昇り、彼女の顔に影が差した。私は我を忘れてその火を眺める。それは誰かを傷つけるような火ではない。誰かに悲しみや苦痛を与えるような火ではない。私と彼女を暖かく包んでくれる火だ。九歳の私は繰り返しそう言う。彼女はショールを取る。ショールが彼女の足元にさらりと落ちる。彼女は暖炉の上の壁に掛かっている鏡に映った自分の顔を見ながら言う。「私はこうやって大人になってしまったの」。私は鏡の中の彼女を見ようとするが、なかなか見えない。しばらくして、私は視線を暖炉の中に移す。ほんのちょっとよそ見をしただけなのに、火は消えて、暖炉の中は空っぽだ。私は寒さに震える。

わたしは影を見守った。
それはこの宇宙で一番美しい遊び。ウーウーウー
それはこの宇宙で一番悲しい遊び。ウーウーウー
わたしたちは美しさと悲しみを越えて、再び出会うの。ウーウーウー
わたしたちの影、影、影。

私はイヤホンを外して夫が寝ている部屋に行き、サイドテーブルの上の読書灯のスイッチを入れた。こういうときにぴったりの言葉だ。暗闇の中で目覚める、というのは。急に灯りがついたせいで、夫は目をぴくぴくさせた。私は夫を揺り動かした。

「何だ？　どうしたんだ？」

「起きて」

「何だって？」

夫は目を開け、まぶしそうに顔をしかめて私を見た。いま彼の目に私はどのように映っているのだろうかとも思ったが、そんなことはどうでもよかった。

「苦しんでいる人がいるのに、あなたは見て見ぬふりをした。助けるべきだったのに」

彼は呆気にとられた顔をして、上半身を起こした。

「誰だって？　どういうことだ？」

「ユン・イソのことよ」

「いい加減にしろよ。いったいいつまで我慢すりゃいいんだ」

「我慢する？　我慢するのはあなたじゃなくて、私の方よ」

夫はまるで不慮の災難にでも遭ったかのようだった。

「君が我慢したって？　俺が外で遊んでいるとでも思ってるのか？　それに、俺は自分のためだけに働いているんじゃない！　家に帰ってきたら、心身ともに休ませてくれよ。これってそんなに大それた望みか？　この頃、君はおかしいよ。俺がいったい何をしたってんだ。何がそんなに不満なんだよ」

　私が何を我慢しているかって？　何が不満かって？　母はいつも、私が持っているものに、そして私の人生に、感謝するようにと言った。笑い飛ばしちゃえばいいのよ。誰かといがみ合ったりしないで。あの町のこと、思い出してごらん。みんな傷ついてるのよ。あんたは運がよかったわ。夫はがばっと布団を跳ね飛ばし、立ち上がった。そのまますたすたリビングに行くと、家じゅうの電気という電気をすべてつけ、そこいらを歩きまわった。私は家の中が眩しすぎるのと、その眩しい光の下に立っている夫の顔を見るのがつらかった。しばらくして、夫は腕組みをしたまま寝室のドアにもたれ、ベッドに座っている私を見た。

「いったい、何の真似だ」

「話して。ユン・イソはどうなったの？」

「くそっ、またユン・イソか！」

「ユン・イソの手紙には何て書いてあったの？　どうして手紙をマネージャーの奥さんに見せなかったの？　ユン・イソはいまどこにいるの？」

　夫が声を荒らげた。

「いい加減にしろよ。君はユン・イソを嫌ってただろ？　いまさらどういうつもりだ」

「何言ってるの。私はユン・イソが好きだったのよ。いつも応援していたんだから」

　私が反論するような口調で言うと、夫は私の顔をまじまじと見つめた。それから声をひそめて言った。

「ほんと、君にはあきれるよ」

　私は夫を睨みつけた。

「君はユン・イソが好きでも何でもなかった。忘れたのか？　君は彼女のことが嫌いだった。何て言ったっけ？　あ、そうそう。彼女はこの世の不公平さを見せつけている。だろ？　裕福な家で生まれて、良い教育を受けて、持てる者だって」

　私はすっくと立ち上がって、夫に向かって大声をあげた。

「私、そんなこと言った覚えないわ。彼女は可哀想な人なのよ。わかる？　私は可哀想な女の人を憎んだり嫌ったりなんかしない」

「忘れたのか？　初めて二人で忘年会に行った帰りに、俺に言ったことを。あの人たち家族みたいね。おかしな家族。滑稽だわ。そう言っただろ。覚えてないのか？　そのあとに言ったことも教えてやろうか？」

私は拳で夫の胸を叩いた。夫の腕を、肩を、顔を、拳で叩いた。彼は両手で私の肩をがしっと押さえ込んだ。そして昂った声で言った。

「応援だって？　あの女が可哀想な境遇に陥ったから、だから同情するのか？　そんな気分を味わいたいのか？」

私は夫の言葉と振る舞いに吐き気がした。

「おかしいけど、君の言うことは核心を突いてるよ」

私は夫が何を言っているのかわからなかった。あ、そう言えばいつだったか、おなじことを思ったことがあった。適当に投げた矢が的を射ることもあるとか。夫は話を続けた。

「君の言ってることは正しいよ。この世がどんなに不公平なのか見せつけている。あの女は、自分が嫌なことは一切やらない。俺たちみたいに人の顔色をうかがわないんだ。君はあの女が可哀想なのか？　笑わせるな。いまこの瞬間にも、あの女、みんなにちやほやされながら幸せに暮らしているさ」

私はうな垂れた。夫が摑んでいる肩が痛すぎた。

「痛い」

「あの女にはもっと苦しんでもらいたいが、残念なことに幸せに暮らしているだろ。何度だって生きられるんじゃないか。九本の尾を持つ狐の妖怪みたいにさ」

夫はあざ笑うように言った。それが本心だった。夫は急に手の力を緩め、私を見つめた。どこか間の抜けた顔で、心ここにあらずだった。

「君はこの頃、頭おかしいよ」

そう言ってから夫はリビングのスイッチをすべて消し、最後に寝室の読書灯を消した。私が寝室でぽつねんと立っていようがお構いなしに。そしてベッドの中に潜り込んだ。暗闇の中で、彼は呼吸を整えようと努力していた。おそらくいつものように成功するだろう。やがて落ち着きを取り戻すだろう。私は夫の平常心と無関心さが、私たち夫婦の関係にプラスになっているのをよく知っている。夫のせいで会社をクビになった人たちや、損害を被った人たちがいたのも、知っている。私が暮らしているこの家——母がこれで安心だと言ったこの家——私が運転する車、それらがどのようにして私のもとに来たのか、気づかなかったことはなかった。

ユン・イソは幸せに暮らしている。彼女はどこかでいまも、完璧で恵まれた人生を送っている。

あのとき、忘年会で会ったユン・イソのマネージャーの妻は、私に訊いた。「で、あなたは誰？」。服毒自殺は森の彼女が選択したことだと、母は言った。しかし、自分の選んだことで人生が決まるとは、なんと恐ろしいことか。たとえばあの記事——インタビューで「その頃の姉について知っている方を探しています」と語った——を読んだのに、連絡しなかった母の選択がまさに母の人生だということを、母自身は受け入れられるだろうか。母の娘である私は受け入れられるだろうか。私が決めた多くのことが、私が選択した多くのことが、まさに私自身であることを、私は受け入れられるだろうか。誰かが私に「で、あなたは誰？」と訊ねたら、私は何と答えるだろう。私はユン・イソに憧れていたのだろうか、それとも憎んでいたのだろうか。ユン・イソの幸せを願っていたのか、それとも苦しめばいいと思っていたのか。
　母は森の中で暮らしていた、あの分別を失った彼女を愛していたのか、それとも嫌悪していたのか。

　寝室を出て電気の消えた書斎に戻ったとき、コンピューターの画面には、当時の歌手たちが舞台で歌っている映像が流れていた。私は何だか泣きたい気分になった。でも唇を噛みしめて我慢した。まるで幼い頃、あの小さな町に住んでいたとき、松林で道に迷って転んだときに泣きたいのを我慢したように。そのとき、視野の中に『ステキなしきもの』の表紙が入ってきた。赤い帽子をかぶり、前足をひょいと上げて後ろ足だけで立っている大きなクマ。私は本を広げてみた。夫は、この本を誰が読むのかと訊いた。私は、私が読むのよ、しかも何度も読んでる、と言った。私は翻訳したノートを広げた。そこに書かれた文字。私は誰かに復讐でもするかのように、それらの文字を睨みつけた。

　三兄弟が家に帰ってきたとき、お父さんは死んでいました。クマはお父さんの遺体のそばにすわっていました。クマがお父さんを殺したのです。でも、わざとではありませんでした。クマはお父さんを愛していました。ただ、自分の力をコントロールできなかっただけなのです。愛情と感謝をこめて、ぎゅっと抱きしめただけだったのです。
　三兄弟はそんな事情を知らなかったし、知ろうともしませんでした。彼らは計画を立てました。

日が暮れた頃、彼らはこっそりうしろからクマに近づきました。そして大きな石をクマの頭にふりおろしました。じつは、クマは三兄弟が自分を殺そうとしていることに気づいていました。にもかかわらず、彼らが近づいてくるまでじっとしていました。クマは悲しくて悲しくて、もう生きていたくありませんでした。そうしてクマはお父さんのそばで息をひきとりました。

三兄弟は大よろこびでした。社会であまりにたくさんの失敗をしてきた彼らは、クマを殺すことでこれまでの失敗が帳消しになったような気がしました。これでお父さんの仇《かたき》をうったと、満足感と幸せにひたっていました。三兄弟は墓をつくってお父さんを埋葬《まいそう》し、クマの皮をはいでしきものを作りました。お父さんとクマがいっしょに暮らしていた家で、三兄弟は死ぬまで幸せに暮らしました。ステキなしきものをしいた家で。

八　死人に口なし

当時の歌手たちの映像を連続再生させてから、私は自分の作ったスクラップブックを広げた。ユン・イソと関連のある記事を一つひとつ探してプリントアウトし、切り取って貼りつける間、私は何を考えていたのだろう。心穏やかだっただろうか。私の幸せ、私の安全、私の暮らし。私には理論があった。笑いは立ち去らせ、苦痛は戻ってこさせる、という。でもその日の明け方、かすかな光に頼って、居心地の悪い恰好で椅子に座ってスクラップブックをめくりながら、私は疑問に思った。たとえば「失顔症」に関する記事について。それは外国の雑誌に掲載された記事を翻訳したもので、昨年末、忘年会に行ってきた翌日に、私が夫のスクラップブックの中に見つけたものだ。「失顔症」に関する記事は笑いを誘発するものか、それとも苦しみを誘発するものか。それは私たちを立ち去らせるのか、それとも戻ってこさせるのか。「失顔症」に関する記事を要約するとこうだ。生まれつき他人の顔を区別できない人間がいる。ひどい場合は他人の顔をまったく記憶できないのだが、そこまでひどくない人ならいくらでもいる。当人は、人の顔を覚えられないのは〝病的〟だということに、ある種の症状であることに気づかない。実際、日常生活に特に支障をきたすわけでもないのだ。彼らは自分の記憶力の悪さにほとほと呆れているだろう。なぜ人の顔を覚えられないのかと。「自分が失顔症だということに死ぬまで気づかない人もいる。中には自分の経験談を面白おかしく話す人もいる。たとえば、約束の場所に行って見知らぬ人と握手をしたというエピソードを披露するとか。他人の顔を記憶することは、相手に対する関心の有無、または尊重を判断するものでもあるので、軽症の患者の中には自責の念に駆られる人もいるだろう。たとえ致命的ではなくとも、曖昧にごまかしてしまうことで人間の気質を変えてしまいかねない」

　この話は笑いを誘うものではないはずだ。しかし少なくとも私にとっては、苦痛を誘うものでもなかった。軽い失顔症の患者が、苦しい人生を送ることになるとも思えなかった。なぜか。私は失顔症という名称のせいではないかと思った。もしその記事に「失顔症」ではなく「相貌失認」と書かれていたら、また違った印象を持ったかもしれない。「失顔症」という単語はまるでこう言っているようだ。私たちは他人の顔を忘れたことすら忘れている人間だ。だからあなたは、どんなことがあっても私たちを愛さなければならない。

　夫はこう言った。「べつに特定の人にだけ起こったことじゃない。誰の身にも起こりうるんだ」。夫は本当にわかってそう言っているのだろうか。たとえば、大きな火事に見舞われて愛する人を失った人たちが暮らしている町があるということを。その町を出ていきたくても、経済的な余裕がないことを。だから犬を飼うということを。もちろん、私は母から聞いた話——その小さな町に暮らしていた人たちは、家族を失った悲しみを癒すために犬を飼っているという——が本当ではないことを知っていた。犬を飼いたがっていた幼い私に言い聞かせるための、母の方便であることも。にもかかわらず私は、何らかの方法で家族を失った人たちが悲しみを乗り越えられないだろうかと、犬を飼うことでそれが可能になればいいのにと考えていた。夫はそんなことを考えたことがあるだろうか。そんな町があることを想像したことがあるだろうか。何かの拍子に母親からこんな話を聞かされたことがあるだろうか。「火事で死んだこの町の人たちのことを考えてごらん。もう取り返しがつかないの。一度起こってしまったことは」と。私はその町の名前を知りたくなった。その町の話を聞かせて、夫にあなたは間違っているのだと教えてやりたかった。かっこつけているだけだということを認めさせたかった。でも、どうやったら町の名前がわかるのだろう。母はもういない。父に訊くべきか。ふと、いいアイデアが浮かんだ。

　私は画像を消して、記事がアーカイブされたサイトに入り、両親が広州《クァンジュ》に引っ越してから私が生まれる一年前までを検索範囲に設定したあと、「京畿道《キョンギド》　広州　火災」という単語を入力してみた。それほど大きな火災なら記録が残っているはずだ。記録があればその町の地名がわかるだろう。ところが、何もヒットしなかった。今度は「火災」ではなく「火事」にしてみた。

　一九八〇年五月二十七日付の記事。二十六日、午後十一時三十分頃、京畿道広州郡広州邑キョンアン里四七、広州小学校で原因不明の火災が起こり、一階建ての八つの教室が全焼し、被害額は二千万ウォンに上った。火は四十分後に消えた……

目ぼしい記事はこれだけだったので、今度は「京畿道」を取って「広州」と「火事」だけにしてみた。

一九八〇年六月六日付の記事。五日の午後十時五十五分頃、全羅南道光州市東区忠壮路三街三八ー九、万年荘《マンニョンジャン》ホテルの地下室、亀荘サロン（社長、金《キム》チャンソプ）で火事が起こり、ホールと個室で酒を飲んでいた客と従業員ら二十三人が窒息死、または焼死した……

一九八二年三月二十日付の記事。釜山アメリカ文化院の放火事件を捜査してきた警察捜査本部は、事件発生十二日後（三十日）に、犯人八人のうち四人を検挙した……

一九八三年十二月七日付の記事。七日、午前四時二十分頃、光州市北区林洞一〇〇、日新《イルシン》紡績株式会社（社長、金英浩《キムヨンホ》）の光州工場紡績第二工場で原因不明の火災が起こり、四千百坪の工場の一棟のうち、三千五百坪余りと紡織機二百台余りを焼き、被害額は七億ウォン相当（警察側の推測による）。緊急出動した消防隊により二時間後の六時二十分頃、鎮火した……

火災に関する記事はこれだけだった。しかも、すべて全羅道《チョルラド》の光州《クァンジュ》で起こったものばかりだった。私はしだいに焦りはじめた。なぜ？　どうして出てこないの？　私に何かミスがあったのかしら。私は大きく深呼吸をした。気持ちを落ち着かせるために、何事もなかったと自分に言い聞かせるために。でも、そんなことをする必要がなかった。なぜなら、本当に何もなかったから！　私はもう一度、記事をていねいに読み直した。見落としたものはなかった。

その火事――町を焼き尽くし、多くの人が死んだという――の記事が出てこない理由は二つある。私が探せないでいるか、記事になるほどの大きな火事ではなかったか。あるいは、そもそも火事がなかったか。ありえるだろうか。「火事なんか起こっていない。お母さんはおまえに嘘をついたんだ」。あ、父はそう言っていたっけ。数か月前、雪で都市全体が渋滞した日の夜、都心のレストランで父がそう言った。私はてっきり父が嘘をついているのだと思った。私と母の仲を裂くために、私に母を憎ませるために。こじつけではない。そう考える方が自然だった。当然だ。母が幼い子どもに嘘をつくはずがないのだから。「火事で死んだこの町の人たちのことを考えてごらん。もう取り返しがつかないの」。でも――ああ、なぜいままで一度も疑わなかったのだろう――もし、あの町が燃え尽きてしまうほど大きな火事だったら、あの広い松林はどう説明するのか。なぜ無事だったのだろう。

息がつまった。体じゅうがじわじわと圧迫されるような感じ。肺の中に水が溜まっていくような、水の中で溺れているような感じ。陳腐な錯覚だ。それが錯覚だとわかっていながら、なぜ抜け出せないのか。「……前に進めるようになるわよ。腕を振って、足で力いっぱい蹴りさえすればいいんだから。そしたら前に進むの……」。私は水面からがばっと顔を出したときのように、息を大きく吐いた。書斎の中で聞こえるのは私の息遣いだけだ。やがて呼吸が落ち着いた。自然の理だから。私は急に、騒がしい音が聞きたくてたまらなくなった。外の世界の音があれほど煩わしいと思っていたのに……。小さい頃、私が水の中で感じたものを――この世界とのつながりがぷつんと切れたような――望んだのは、またそれを可能にしたのは、水の外の世界がいつもそこに存在していると信じていたからだった。私はわかるような気がした。あんたの人生、あんたの幸せ、あんたの安全。もし火事が起こったのが嘘だとしたら、兄の死は？　父は兄が死んだのは本当だと言った。なら兄はなぜ死んだのだろう。体じゅうが震えた。何があったのか。そのときいったい何が起こっていたのか。いや、いま私に何が起こっているのか。

目を覚ましたとき、私は書斎の机に伏せていた。体じゅうが痛く、頭がズキズキした。机の上のモニターはスリープモードになっていた。意識が朦朧として、一瞬自分がどこにいるのかわからなかった。やがて頭がはっきりしてくると、明け方に私が思ったことは少々大げさだったのではないかと思った。母は深く考えずに嘘をついたかもしれない。ちょっとした悪ふざけ、それでいて取り返しのつかない嘘だったとも考えられる。母の意図がわからないので、私には判断できない。両手で頭を抱えていたら、ふとした拍子にキーボードを動かしてしまい、モニターの画面がついた。そこには明け方に見た記事が残っていた。

……五日未明、京畿道広州郡東部邑チャンウ一里に住む尹《ユン》ヨングン氏（39）夫妻は、いつものように午前五時に網を船に積み、付近の漢江《ハンガン》へ漁に出たのだが、仕事の終わる午前九時が過ぎても家に帰ってこない。住民と警察が捜査に当たり、夫妻の乗った船は、同日午前十一時頃、東部邑ペアルミ里八堂《パルタン》駅の渡し場近くで、沈みかけたところを発見された。

一九八二年十二月六日、新聞の見出しは「交通渋滞、火事、遭難……悲惨な多発事故」で、その日に起こった事故を一つの記事にまとめていた。おそらく他の記事に出てくる「火」と、その事件の起こった「広州」という場所が、検索エンジンにヒットしたのだろう。早い話が、間違って引っかかったのだ。ただ、私はなぜ自分が明け方にそれを画面の中央に表示させておいたのかわかるような気がした。その記事は漁師の死を扱っていたし、私の外祖父が漁師だったからだ。頭が混乱している渦中に、そのことを思い出したのだ。いや、私はとっさに衝撃を受けて、その記事を――結果的には私と縁もゆかりもない記事を――読んでいたのだ。漁師の死？　ふと、あの記事が頭に浮かんだ。母の故郷で起こったスパイ捏造事件。夫のスクラップブックの中にあったまさにあの事件。それもやはり漁師の死に関するものだった。私は本棚に並べられているスクラップブックの中から、その記事が入っているものを取り出して広げた。「尹氏は十五年間の服役を終え、一九九九年五月に出所したが、そのときはもう家族は散り散りばらばらになっていた。とりわけ尹氏の息子は〝アカの息子〟だと後ろ指をさされたことに耐えきれず、尹氏が出所する三か月前に自殺していたことが判明し、大きな衝撃を与えた」。母が生きているときに兄の死について話してくれたのは二回きりだ。たった二回。私が五歳のとき、食事中に一回。二回目は、十五歳の二月に図書館で。もぞもぞと違和感のようなものが私を蝕んだ。別々に思い出したときは気づかなかったが、二つを結びつけて考えると、どことなく不自然さを感じた。

私は浴室に入り、熱いシャワーを浴びたあと、ドライヤーで髪を乾かした。それから部屋に戻って服を着、鏡台の前に座った。鏡に映った私の顔はげっそりしており、無防備に見えた。私はティッシュを何枚か引き抜き、洟《はな》をかんだ。私の後ろに映っているベッドには、夫がさっきまで寝ていた跡が残っていた。跡。私はかぶりを振った。ああ、私はなんて長い間、家の中に、ううん、家々の中にばかりいたんだろう。外に出なきゃ。でもどこに？　どこに行けばいいの？　私はコートを着て、とりあえず駐車場へ向かった。その間、つまずきそうになっては歩みを止めた。どこに行けばいい？　私は車のエンジンをかけた。車が動き始めると、急に鼓動が激しくなった。そのうち落ち着くだろう。それが自然の理だから。ところが、そうではなかった。駐車場の外に出ても、マンションの敷地の外に出てしばらく車を走らせても、動悸は収まるどころか手が震え、息苦しくなった。自然が私を裏切ることもあるのだと痛切に感じた。私は自分の傲慢さを認めた。発作が起こりそうだったので、路肩に車を停めた。ドン、ドン、ドン。ハンドルに顔をぶつけて、呼吸を整えながら思った。どこに行くつもり？　どこに行きたいの？　その町の名前もそうだけれど、私の知りたいことを教えてくれる人はこの世界に二人しかいない。母と父。母は死んでしまったから、残っているのは父だけだった。

　心臓の鼓動を聞きたくなくて、新鮮な空気を吸いたくて、車の窓を全開にした。その瞬間、車の走る音と人の話し声が車の中に飛び込んできた。母がいたらきっとこう言うに違いない。そんなの忘れてしまいなさい。忘れて、自分の生活に集中しなさい。幸せを守りなさい。私はいつも母の言うとおりにした。母はなぜ私にそんなことを言ったのだろう。あんたの生活、あんたの幸せ、あんたの安全。ああ、母の人生は失敗したのも同然だった。ママ、あなたは失敗したのよ。私は自分の生活がどこにあるのかわからない。ずっと前からそうだった。私は顔を上げて、歩道を歩いている人たちの顔を見つめた。失顔症。私は彼らの顔をどれだけ覚えられるだろう。一人だって無理だろう。当然だった。そう思うと、なんだか胸が張り裂けそうになった。

　私は休まず三時間ほど走り続けたあと、慶州《キョンジュ》付近のサービスエリアに車を停めた。運転しているうちに気持ちが落ち着き、余計なことは考えずに高速道路を走ることだけに神経を集中させた。サービスエリアに着いたとき、私は思った以上に心が穏やかだった。麻痺、という単語が思い浮かんだ。発作と麻痺。そういうこと？　発作のあとには麻痺が来るの？　なら麻痺のあとには何が来るのだろう。また別の発作？　それとも永遠の麻痺？　私はバッグから携帯電話を取り出し、登録されている父の電話番号を確かめたあと、車を降りて公衆電話を探した。父はすぐに電話に出たが、相手が私だとわかると口をつぐんだ。

「切らないで」

　私は受話器に口を近づけ、慌ててそう言った。父からは何の反応も返ってこなかった。

「いま慶州に向かってる」

「何だって？」

　父がようやく聞き返した。あきれたような口調だ。

「訊きたいことがあって」

「笑わせるな」

父が皮肉るように言った。

「私が会ってほしいと言ったとき、おまえは相手にもしなかった。そのあと、おまえが会ってくれと言ってきて、私は言うとおりにした。そのとき、おまえの態度はどうだった。私のことを嘘つきだと言い、卑劣だと言った。なのに、また会ってくれだと？」

「ずっと音沙汰なしだったのはお父さんの方でしょ。お母さんが亡くなるまで連絡もしてこなかったくせに。私にどうしろっていうの？　会えてうれしいとでも言われたかった？」

「おまえは私が腹を立てるのを理不尽だと思うかもしれないが、私はできるかぎりのことはやったつもりだ。本当だ。もう二度と私の生活を狂わせないでくれ」

「生活を狂わせるですって？」

「そうだ、私は……」

「このクソ親父！」

私の口からこんな言葉が出てくるなんて。とっさに後悔した。私は首を横に振りながら、静かに言った。

「お父さん。お父さんがあの日、言ったこと、本当だった。あの町に火事なんか起こっていなかった。お父さんに会って訊きたいことがあるの。だから会ってほしいの」

受話器越しに再び沈黙が流れた。慶州。慶州。私は慶州に一度も行ったことがなかった。どんな街なのか知らなかった。でも考えなきゃ。慶州に何があるのか。ふと、いつか本で見た大陵苑《テヌンウォン》という言葉を思い出した。大陵苑って何だったっけ。墓の名前？　他には何も思いつかなかった。私は小声で、速く正確に言った。

「私、大陵苑にいるから。あと一時間もすれば着くと思う。お父さんが来るまで待ってる」

　私は父の返事を待たずに受話器を置いた。ようやく緊張がほぐれたのか、首と肩に痛みが走った。私はサービスエリアのカフェで、ホットコーヒーをテイクアウトした。コーヒーを持って車に戻る途中、慶州にまつわる単語を思い出した。瞻星台《チョムソンデ》、天馬塚《チョンマチョン》、月精橋《ウォルチョンギョ》……。いくらだってあるのによりによって大陵苑だなんて。なぜ真っ先に思い出したのだろう。どんな場所なのかも知らないくせに……。急にこの状況――昨夜からいままで私に起こったすべてのこと――が滑稽に思えた。いったい私は何のために父に会いに行くのか。私は何を望んでいるのか。これまで私は何を望んで生きてきたのか。車に戻ったら、父から不在着信が入っていた。私は電話の電源を切った。


　慶州市内の道路は閑散としていた。軒の低い建物がぽつりぽつり建っている通りは人通りが少なく、道路には車もあまり走っていなかったので、ひっそりと寂しい感じがした。旅行シーズンでもない平日だからかもしれない。いつだったか、ある友人に聞いた話を思い出した。慶州は文化財保護のために高さ制限があり、旧市街地には高い建物が建てられないという。彼は慶州出身だったが、慶州について話してくれたのはそれだけだった。道路の向こうに、よく手入れされた芝生とこんもりとした墓が広がっているのが見えた。私はふと気になった。なぜ人の視野に入ると不吉だと見なされる墓がある一方で、威厳があり立派な姿を見せることを許される墓があるのか。すぐに私は首を横に振った。そんなことはどうだってよかった。

大陵苑に着いた私は、どうしたらよいのか途方に暮れた。私が漠然と思い描いていたものよりはるかに大きかった。父は私のいるところがわかるだろうか。わからないだろう。私は駐車場の端の方、入場券売り場の近くに車を止め、そこで父を待つことにした。父もおそらくここに来るだろうと思ったからだ。時計の針は、五時四十五分を指していた。朝からサービスエリアで買ったまずいコーヒーしか口にしていなかった。私は近くのコンビニに行って、ピーナッツバターの入ったサンドイッチを買った。その隙に父とすれ違いになってはいけないと思い、急いで車に戻り、車の中で冷めたコーヒーを飲みながらサンドイッチを食べた。携帯電話の電源をつけるわけにいかなかったので、何かを見ながら時間を潰すことができなかった。サンドイッチを食べ終わると、私は腕組みをして入場券売り場を凝視した。平日なのに大陵苑を訪れる人がいた。小さな子どもと手をつないだ夫婦、ピクニック用のカバンを持ったカップル、韓服《ハンボク》を着た女子高生たち……。奇妙だった。彼らを見ていると、私も久しぶりに父親と会うごく平凡な娘のような、しかも父親を愛する娘にでもなったかのようだった。私はのんびりと、一度も見たことのない大陵苑の中の風景を想像してみた。小路と大きな古墳。それから何があるだろう。一時間過ぎても父は現れなかった。もう一度電話をかけようかとも思ったが、やめておくことにした。もう一時間だけ待ってみて来なければ、忘れてしまおう。でもそうできるだろうか。初めからなかったことにできるだろうか。疑問を胸に抱いたまま、今後生きていけるだろうか。それはどんな人生だろう。

わかりかねた。これからも永遠にわからないだろう。なぜなら、三十分後に父が姿を現わしたから。タートルネックに冬用のコートを着て、マフラーまで巻いて。私は車を降りて父を呼んだ。

「お父さん！」

父が立ち止まって私の方を見た。ああ、そうだ。あれが父の顔だ。いまさらそんなことを考えた。私の方に向かって歩いてくる父の顔は、私たちが小さな町に住んでいた頃の父をはっきりと想起させた。それは可能なことだろうか。父もその頃の私の顔を、私の面影を見ただろうか。都心のレストランで会った日、父はしばらく探りを入れるように私の顔を見ていた。今回はさっと通り過ぎたかと思うと、捨て鉢な態度で、停めた車の後方にあるベンチに腰を下ろした。

「ここでひと休みしてから、どこかに入ろう」

父は怒っていなかった。緊張しているようでもなければ、気まずい雰囲気でもなかった。私が電話で「クソ親父」と叫んだからだろうか。私は父の隣に座った。私たちの座ったベンチの向かいには、大きな観光バスが二台と、自家用車が一台停まっていた。入場券売り場からは私たちが見えないはずだ。父はバスの後ろ姿に視線を定めたまま訊いた。

「火事がなかったことをどうやって知ったんだ？」

「記事を検索してみたの。いくら探しても火事なんかなかった」

そう言うなり私は無力感に襲われ、裏切られた気分になった。明け方からいままで私に起こったことが、もはや可笑しくもなんともなかった。私自身それらのことを抽象的に受け止めていたこと、いや、抽象的に受け止めようとしていたことに気づいた。しかし父に直接会ったいま、もうそうする必要もなかっただろう。笑いは去り、苦痛は戻ってきたのだ。私は乾いた唾を呑み込んだ。

「それで、何が訊きたいんだ」

頭の中がごちゃごちゃになっていて、何から訊けばよいのかわからなかった。そのとき、誰かが私たちの方に近づいてくるのが見えた。その人は私たちをちらっと見てから、目の前の車に乗った。私は彼らが行ってしまわなければいいのにと思った。やがて車は去り、父が口を開いた。

「お母さんはおまえのことを思ってそう言ったんだろう。おまえを守るために。たぶん。だからそんな嘘をついたんだ」

向こうの方で草色の枝が、初春の夜のひんやりと冷たい風に揺れているのが見えた。私は目の前の二台のバスが永遠にそこに留まっていてくれることを願った。そして私と父を隠してくれることを。私と父が人目につかないように。私はそう思った自分に驚いた。いったいどこから？何から？

「嘘がどうやって私を守ってくれるの？」

父はかぶりを振った。

「私にもわからない。お母さんがなぜそんな嘘をついたのか。いま何から話したらいいのかもわからない。私たちが別れたあと、お母さんから初めて連絡が来たのは一九九九年のことだった」

「お母さんはどうして連絡をしたの？」

父は思いに耽っているようだった。過去を思い出しているのか。それとも答えに困っているのか。しばらくして、何かを決心したかのように言った。

「お母さんが知らせてくれたんだよ。甥が死んだって。その年に……甥が自殺したらしい。でもそのことを誰に話せばいいのかわからない、って言っていた」

自殺？　母の甥なら母の妹の息子のことだろう。母は妹、つまり私の叔母に息子と娘がいて、娘を産んだあとに連絡が途絶えたと言った。

「お母さんから叔母さんの話を聞いたことはないのか？」

「あるわ。叔母さんの家族がみんな亡くなったのに、お葬式に行けなかったって」

「そうなのか……みんな亡くなったのか……知らなかったよ……」

父の拳に力が入るのが見えた。父はまだ本論に入れず、躊躇していた。私は頭の中で、スパイ捏造事件に関する記事と、母が私の兄の死について二度目に話した日のことと、私の従兄が自殺したという話を結びつけようとした。母は甥の死によって、兄の死を思い出したのだろうか。十分ありえる。誰かの死によって、別の誰かの死を思い出すのは自然なことだから。まるで順番が決められているかのように。森の中の彼女が〝放置〟されていたと聞いて、隣の家のおばあさんの死を思い出したみたいに。いまでも〝放置〟という言葉を聞くだけで、彼女たちのことを思い出すように。父は組んだ手にあごをのせ、腰を曲げた。私は父が本当は何も見ていないこと、惨めな気持ちになっていることに気づいた。ありえないことだった。父がなぜ惨めにならなければならないのか。そのときふと、訊きたいことが思い浮かんだ。これまで一度も疑問に思わなかったのが不思議なくらい、単純な問いだ。

「叔母さんの娘はどうなったの？　その子も死んだの？」

「いや、死んじゃいない」

父の話し方は妙だった。受け身だった。一歩下がったところで訊かれたことだけに答えた。

「お母さんが私に嘘をついたのは、それだけ？　あの町に火事があったってこと」

「そのあと、お母さんからもう一度連絡があった。自分はもう長くないと言いながら、おまえには絶対に秘密にしてくれと念を押した。私は彼女の本当の気持ちがわからなかった。わざわざ連絡してこなければ、私は彼女が死んだことも知らなかっただろうし、おまえに会おうとも思わなかっただろう。どういう意味かわかるか？　お母さんは死ぬ間際まで、おまえに本当のことを話すべきかそうでないのか迷っていた、可哀想な人だ。どうすればいいのか判断できないまま、息を引き取ったんだ」

「どういうこと？」

私は父の目を見据えた。父はなおも視線を前に向けたままだった。父は惨めな気持ちになっているのではなくて、諦めようとしているのではないか。父は首を横に振った。

「お母さんは十八歳のときに故郷の島を捨てた。それは誰にでもできることじゃなかった。いまだってそうだが、当時は言うまでもなかった。二十五歳のとき、私はソウルの大学の工学部を卒業して、しばらく木浦《モッポ》にいる親戚の会社で働いていた。ある日たまたま友人が教師をやっている学校に立ち寄ったときに、お母さんに出会ったんだ。美しかった。おまえはどう思うかわからないが、私は彼女のことを心から愛していた。いまでも思い出すよ。デートのときは、ギャザーの入った黄色いワンピースを着ていた。おまえも知っているだろ？　あのワンピースだ。私たちが家族だった頃、一緒に出かけるときいつも着ていたワンピース。彼女は学校の行政室で働きながら、放送通信大学の教育学部に通っていた。先生になるのが夢だと言って。聡明な人だった。その頃、私はソウルに戻る日が迫っていた。私には誰よりも彼女を幸せにする自信があった。だからプロポーズをしたんだ。ソウルで結婚式を挙げて一緒に暮らそうと。彼女は承諾してくれたよ。自分もソウルで勉強を続けたいと言っていた。それで行政室の仕事をやめ、あれこれ準備に追われていたあの頃が、私の人生で一番幸せな日々だったと思う。すべてが完璧だった。少なくとも私はそう記憶している。ところが、お母さんの妹から連絡があったんだ。それまでお母さんは孤児だと思っていた。妹がいたなんて知らなかったよ」

　ここまで言うと、父は私の方を見た。驚いた顔で。自分の口からこんなことを話すのが信じられないとでも言うように。

「おまえは想像もつかないだろう。あの頃がどんな時代だったのか。いや、私だってよくわかっていなかった。日々を生きるだけで精一杯だった。うちもそんなに余裕があったわけじゃないし、食っていくには他に方法がなかった。一生懸命に勉強して、俗に言ういい大学に入るしか。軍隊にも行って、大学を卒業して、愛する人に出会って結婚をして。大事なのはそういうことだった。そうだ、私にとっては。それこそが私の人生だった。その人生を守らなければならなかった。ところが、お母さんの妹が連絡をしてきて……妊娠したから助けてほしいって言うんだ。お母さんはずっと妹と連絡を取り合っていたのに、妊娠していることを知らなかったらしい。すでに臨月に入っていたというのに。妹が黙ってたんだろ」

「どうして？」

私は父がなぜそんな話をしているのかわからなかった。いったいなぜ？　なぜそんな話をするの？　父はどこまで私を連れていくのだろう。そんなふうに森の中をぐるぐるまわってから、私を置き去りにするつもりなのだろうか。

「なぜなら妹の夫が、私にとっては義弟にあたるが、スパイの疑いで二十年の刑を宣告されたからだ」

父がそう言ったとたん、私は動悸が激しくなり、顔がほてった。何か恥でもかかされたかのように。私が致命的な過ちを犯したという噂が四方八方に広がったかのように。

「当時は冤罪だなんて思いもしなかった。後日、長い時間が経ったあとに、はっきりしたんだが」

これって私のせい？　ミグム島のスパイ捏造事件に関する記事を見たとき、なぜか私はそう思った。いや、この事件は母と何の関係もない。それでいて私はずっと気になっていた。母は一度でも彼らに会ったことがあるのだろうかと。

「あとで知ったんだが、新聞にも大きく報道されていたよ。そうだ、私も見覚えがある。お母さんもたぶん見ただろう。当時、家にはテレビがなかったが、新聞は読んでいたはずだ。私も詳しくは見なかったが、ただ、とんでもないことが起こったと思ったね。スパイだぞ。悪いやつらだと思うだろ。ともかく、お母さんの妹は夫を連れていかれたあと、妊娠していることに気づいたんだ。それからは腹帯を巻いて、誰にも気づかれないようにした。自分の姉にすら。やがて臨月を迎え、お母さんに連絡したんだ。その頃、私たちは結婚を控えていた。目の前が真っ暗になったよ。前日までごく平凡なカップルだったのに、突然、そんな事件に巻き込まれたんだからな。お母さんの妹は、子どもを産みたいから助けてほしいって言うんだが……病院に行けるはずがない。お母さんは下宿していたし、私は親戚の家で世話になっていた。だから旅館の一室を借りたんだ。こっそり産婆さんを呼んできて、どうにかそこで子どもを取り上げたよ。女の子だった。その女の子はお母さんに預けられた」

　度重なる沈黙とためらいの末、話をここまで引っ張ってきた父は、もっと聞きたいかとでも言うように私を見つめた。私は両手でベンチの端を押さえていた。さもないとどこかに飛ばされてしまいそうだった。飛ばされたら、二度と自分に戻れないかもしれない。「つぎは前に進むわよ……」と母は言っていた。私は父の話を理解しつつも、理解していなかった。いや、理解できないのに、理解していた。いったいどういうことなのか。ふと、あの声を思い出した。昨年の忘年会のとき、化粧室で偶然出くわしたユン・イソのマネージャーの妻が私に言ったことを。「で、あなたは誰？」。聞きたくなかった。耳を塞ぎたかった。もうやめてと言いたかったが、あたかも大きな石で喉を塞がれているかのように、言葉が出なかった。涙が出そうになった。

「預けられたという言い方はおかしいな。何て言えばいいのかな。ともかく、そうなったんだ。私は反対した。スパイなんだぞ。スパイの娘を代わりに育てるのか？　とんでもないことだった。危険すぎた。そのうえ非道徳的なことだと思った。犯罪者の娘だ。もし誰かに知られたらどうなる？　想像もつかなかった。ところが……お母さんの気持ちは変わらなかった。私には別れてもいいと言った。自分にはこの子を一生守る義務があるからって。それが至上命令だとか言って。誰が考えても馬鹿げたことだ。私は一人でソウルに戻ろうと思った。しかし一方で、ひょっとしたら隠し通せるかもしれないとも思った。誰にも知られないように。だから、私はお母さんの言うとおりにした。なぜだかわかるか？　それだけ私は彼女のことを愛していた。どうしても別れられなかったんだ。三日後に、娘を置いて一人去っていった義妹の後ろ姿が、いまでも目に浮かぶよ。島に帰る船に乗って、一度も振り返らなかった。お母さんも涙一滴こぼさなかった。それで二人は完全に縁を切ったんだ。一度も会ったことのない赤の他人のように。その日から……そのとき生まれた女の子が、私たち夫婦の唯一の子どもになったんだ。

　お母さんはどこまでも意地を張った。私は両親に、その子は自分たちの子どもだって言いたかったが、それはできないって言うんだ。うちの両親は子連れの女と結婚するのかって、怒り狂ったよ。離婚するときも、それみろ、だから破綻したんだと言われた。そうかもしれない。だがそのときは、それが最善策だと思ったんだ」

　父と母の唯一の子ども、それが「私」だということがわかり、息が止まりそうになった。私の実の父は死んだ。母も死んだ。兄も死んだ。なぜなら、スパイにされた父のせいで人生が毀れてしまったから。生きていることに耐えられなくなったから。父が死んだのは私が十九歳の頃だったことを思い出し、胸の中で何かが崩れ落ちるような気がした。逝くのが早すぎたからではなく、あまりに遅かったからだ。その間、家族はどれほどの苦痛を強いられたことだろう。生き残った私はこうしてここで父——ああ、これからは両手に顔を埋めているこの年老いた男を何と呼べばいいのか――の話を聞いている。私は母から彼らの葬儀のことを聞いた日のことを思い出した。私にも彼らの死を悼んでほしいと言った母に、私は何と言ったか。「ママ、私はその人たちの顔も知らないのよ」。私は胸の中に小さな玉のようなものが絶え間なく降り注いでいるような気分だった。痛みを、体に痛みを感じた。

「だから広州に引っ越したんだよ。誰にも見つからないように。そこでお母さんが真っ先にやったのは、妹と交わした写真と手紙を燃やすことだった」

私は幼い頃に住んでいた家を思い起こした。高いレンガの塀、庭に続く引き戸、常に鍵を掛けていた門。母――ああ、他にどう呼べというのか――は狭い庭に座り、ブリキ缶の中に大切にしていた手紙と写真を入れて火をつけた。そして私には、町が火事で全焼したと、みんな大切な家族を失ったと、そのとき私の兄も死んだと嘘をついた。それから数年後、兄が本当に死んだとき、母はどう思っただろう。いきなり太い縄で心臓をしめつけられたように、吐き気をもよおした。閉鎖。数か月前、友人に会ったときに私が使った言葉――閉鎖された町。母は閉鎖されたところで暮らそうとしたのだ。

「それ以上、話さなくていいから」

私は体じゅうがぶるぶる震えているような錯覚に陥り、父にそう言った。しかし父は話を続けた。いったん話し始めたことは最後まで言わなければならないとでもいうように。

「あの女、覚えてるだろ？　森の家で自殺をしようとした。あの頃、私たちの生活は安定していた。お母さんは異常なまでにおまえを心配していたが、私はむしろ時間が経つにつれ不安を感じなくなっていた。仕事も順調だったし、何の心配もなかった。こんなふうに暮らしていけばいいんだという自信も生まれた。そんなとき、お母さんがその女と親しくしているのを知ったんだ。彼女は有名人だ。しかも当時、あれこれ噂が飛び交っていた。政治家の子どもを産んだだのと。私たちには危険すぎる存在だった」

　辺りはすっかり暗くなっていた。昼間とは比べものにならないほど空気が冷たかった。黒いビニール袋が遠くの方に飛んでいくのが見えた。力なく揺れるビニール袋に傷つけられやしないかと怖くなった。私は心臓を、手の感覚を、体を逃すまいと必死だった。それらをしっかりと摑んだ。それが自分を証明する唯一のものだったから。私は吐き出すように言った。

「本当に、もういいから」

　残りの話は聞かなくてもわかる。警察が来たのを見て、父は怖くなった。だから父は家を出て行ったのだろう。でも父は話をやめなかった。憤ったように、声を絞り出すように話を続けた。父が本当に話したい相手は、自分の話を聞いてほしい相手は、ひょっとしたら私ではなく、父自身なのではないかと思った。

「お母さんと別れてから数年間は、不安で不安でしょうがなかった。警察を見かけると心臓が凍りついたよ。あの町に住んでいた頃よりも、ずっと不安なときもあったかもしれない。酒を飲むようになったし、仕事にも集中できなかった。私が予想していた人生とはしだいにかけ離れていった。何のために別れたのか。すべてが狂いはじめた。怒りを抑えられないときもあった。私の人生はもうおしまいだと思った。お母さんがあの女と軽率につきあったことにも腹が立ったし、おまえに腹が立つときもあった。もしおまえがカバンをあの家に忘れてこなければ、お母さんとあの女を結びつけるものもなかった。いやその前に、おまえが森の中で別荘を見つけなければ、それであの女とお母さんが会っていなければ……いや、そもそも……」

父はそこで口をつぐんだ。どこまでも遡ろうと夢中で突進していたときに、ふと我に返ったのか、話をやめた。そもそも私が生まれていなければ。父はそう言いたかったのだろうか。そのとき、誰かが私たちの方に歩いてくる足音が聞こえた。警備員だった。彼は停まっている二台のバスの間に懐中電灯を照らした。いきなり電灯を向けられ、私は視力を失ったかのように何も見えなかった。

「そこに誰かいますか」

ベンチに座っている父が大声で答えた。

「すぐ帰りますから！」

やがてぶつくさ文句を言う声と、足音が遠ざかっていった。私たちは再び暗がりの中に残された。光の残像が目の前をちらついた。私は目を擦った。

「いまでもよくわからない。何事にも安全を期し、度を過ぎるほど他人を警戒したお母さんがなぜあの女と親しくしたのか、なぜ会わずにいられなかったのか、いったい何がそうさせたのか、私にはわからない」

私もわからなかった。私は母が彼女を胸に抱くようにして囁いた言葉を思い出した。「あなたはもう一度生きられる。何度でも生きられるわ」

「永遠にわからないでしょうよ」

私はそう答えた。そうだと思う。永遠にわからないだろう。なぜならその理由を知っている人は母しかいないし、母はもうこの世にはいないのだから。死んだ人には口がないから。私はベンチからすっくと立ち上がり、今度は父に声を荒らげた。

「誰にもわからない！」

私は父をあとに残して早足で歩き始めた。父は私を見ているだろうか。そうだといいのに。私はふらつかないようにバランスを保ちながら、必死になって前に歩いた。水の中だけでなく、水の外でも同じだった。腕を振って、足さえ力いっぱい蹴れば、とりあえず前には進むものだ。やがて、さっきまで人だかりができていたが店を閉めたお土産売り場の前を通りすぎ、コンビニにさしかかった。コンビニの店先には高校生らしき制服姿の女の子が二人、アイスクリームを持って立っていた。私は急にその子たちに話しかけたくなった。何でもいいから吐き出したかった。頭のおかしな人だと思われてもいいから。あんたの人生、あんたの幸せ、あんたの安全。母が私に注ぎたかったもの、与えたかったもの、でも自分は絶対に取り戻せなかったものが何なのか、私はわかるような気がした。それを取り戻した人は誰だろう。母が取り戻すべきはずのそれ——それが何なのかもわからないが——はいったいどこをさまよっているのだろう。ああ、そうだった。母は死ぬ間際まで、言いたいことを我慢した。すべてのことを胸に秘めなければならなかった。死人に口なしと言うけれど、母は生きている間も口をつぐんでいた。私は急に大声で叫びたくなった。

　やがて正気に戻ったとき、私は狭い路を歩いていた。車が一台やっと通れるほどの路だ。赤と白のブロックが規則的に敷かれた路が、どこまで続いているのかわからなかった。路の両脇には私の背丈ほどの白いセメントの壁が続いており、その壁の内側には瓦屋根の家々が並んでいた。私は立ち止まって、暗い空に引かれた電線を眺めた。ふと九歳のときの冬を、最初で最後の家出を試みたときのことを思い出した。あのとき、私はなぜ思い留まったのだろう。私を思い留まらせ、バスに乗せなかったのは、私の家族、厳密に言うと母だったと、私は長い間思っていた。逃れたかったのも、留まりたかったのも、母だったと。でもひょっとしたら、あの日、私が本当に逃れたかったのは母ではなくて、あの小さな町ではなかっただろうか。もちろん、私を思い留まらせたのも。火事で誰かを失った人たちが暮らす町、悲しみを乗り越えるために犬を飼っている町、私が生まれる前に顔も知らない兄が死んだ町。母とその町を離れたあとも、私の心の中にはいつもその小さな町が存在していた。その町は、私が何かを選択しようとするたびに、私を摑まえたり押しやったりした。だからいつもこう思っていた。本当の意味で、私はその町を離れられなかったのだと。でも、これは間違った考えだった。なぜなら、その町はそもそも存在しなかったのだ。火事が起き、喪失感のために人々が犬を飼い、兄が死んだ町なんて、最初から存在しなかったのだ。私はそのとき、自分のするべきことに気づいた。父のもとに戻ろう。父の顔を見て言いたいことがある。私は来た道を引き返した。とにかく歩いた。ところが、歩けば歩くほど、名前も知らない慶州の小さな町の中に閉じ込められていくような気がした。私はひたすら歩き続けた。狭い路と、どこまでも軒を並べる家々と、電信柱を見ているうちに、私はわっと泣きだしてしまった。泣きたくなかったけれど、涙を止めることができなかった。再び駐車場に戻っても、もうそこには父の姿がないだろうと思った。

数時間後、私は慶州市内のホテルにいた。携帯電話の電源を入れると、夫から二通の不在着信が表示されていた。ああ、そうだった。これが私の生活だ。夫に電話をかけた。夫はいまどこにいるのかと訊いた。

「慶州に来てる。父に会いに」

夫はそれ以上何も訊かなかった。私は、私たち夫婦の間に過ちがあると、でも決してあなたのせいではない、と言った。彼は、私が何を言っているのか理解できないと答えた。彼は電話を切る前にこう言った。

「気をつけて帰っておいで」

帰る？　私は自分が帰るべきところについて考えた。ソウル？　そこに帰ったら何をすればいい？　わからなかった。私はもう笑って避けることも、かといって苦しんでばかりいることもできないと思った。何かをしなければならなかった。でもそれが何なのかはわからなかった。私はシャワーも浴びず、服も着替えず、部屋の電気を消してベッドに横たわった。窓の外で暗闇に陥った慶州市内を眺めながら、生みの親と兄のことについて考えようとしたが、うまくいかなかった。生みの親がいるということに実感が湧かなかった。父は人生に失敗したと言った。だとしたら、彼らは失敗したのか、成功したのか。私は暗い部屋の中で目を閉じた。発作と麻痺。発作のあとに麻痺するとか、麻痺したあとに発作が起こるのではなく、発作の中に含まれた麻痺、もしくは麻痺の中に含まれた発作の瞬間があるのだろう。私はいきなりこんなことを考えた。彼らはどんな人生を送ったのだろう、と。私は彼らの人生が気になった。たとえば死んだ父が捕まったとき、どんな服を着ていたのか。私を産んだあと島に帰っていった母は鞄を持っていたのか、それとも手ぶらだったのか。私が記事で見た光州《クァンジュ》、もしくは広州《クァンジュ》で起こった事件で生き残った、あるいは死んだ人たちについても。幻想や欺き、妄想が動き出す瞬間というものがある。それらは求められるものだ（しかし、いったい誰から？　どこから？）。母が森の彼女に接するとき、二つの態度があった。慰め、そして非難。ふとユン・イソを思い出した。私は、姿を消したユン・イソが元気で幸せに暮らしていると思うことで満足感を得たかった。ただし、その満足感にはユン・イソが不幸な人生を送っているかもしれないという前提があった。同じ意図の別の一面、または二重のメカニズムで動く同一の幻想とでも言おうか。中には幻想を持続させるために無謀な賭博をする人もいる。なぜなら、常に賭けをしなければ前に進まない人生もあるのだから。

あんたの人生。

あんたの幸せ。

あんたの安全。

私は暗闇の中でゆっくりと立ち上がった。突然、やるべきことを思い出したかのように。それが人生で一度きりの大切なことのように。私は組んだ手を高く挙げてから、後ろの方に伸ばした。それからその腕を右側に、そして左側に、交互に思いきり引っ張った。つぎにゆっくりと体を折り曲げながら腕を下ろした。血が頭に上っていく感じ。膝の裏側と太ももに苦痛と快感が広がる。苦痛と快感は同時に訪れるという薄っぺらな真実に、私は嘔吐をもよおしたが、一方で安堵した。こんなことを誰も教えてくれやしなかった。生まれて初めて訪れた街の暗いホテルの一室で、体を伸ばしているこの状況が自分でも滑稽だったが、その行為をやめなかった。いつやめるべきか。そのうち自然とわかるだろう。どれだけ時間が経ったのか。首筋と額に汗がにじむのを感じた。体の曲線に沿って宿った小さな塩の水滴。私は手の甲でそれらを拭い、後ろにあるベッドに倒れ込んだ。そのまますするりと眠りに落ちた。

　まぶたに、小さな町に住んでいたあの子が浮かぶ。九歳の夏、熱気が漂っていた夜に、ベッドで寝ていたその子はぱっと目を開ける。いや、そもそも眠っていなかったのかもしれない。部屋の電気もつけずに、そのままの体勢で待つ。何を？　目が暗闇に慣れるのを。やがてその子はゆっくりとベッドから起き上がる。どこかくたびれたように見えるその子は、簞笥の奥深くにしまってある、赤毛のアンの絵がついたカバンを取り出す。それを背中には負わずに胸に抱いて居間に出る。そして、庭に続く引き戸をそうっと開ける。母が目を覚まさないように。庭には、引っ越しのときに捨てるつもりのありとあらゆる荷物が積まれている。その子は母親の服が入っている箱を探そうとしたが、思い留まる。そんなことをしても無駄だし、危険なことだと思ったからだ。

　長袖のTシャツと半ズボン姿のその子は、カバンを胸に抱きしめたまま、サンダルを引きずって歩いていく。まだ夢うつつでぼんやりしていたが、ずるずるサンダルを引きずる音が、いま自分は地を踏みしめて歩いているのだということを教えてくれる。暑さで額と首筋に汗がにじむ。どこからかカエルの鳴き声が聞こえる。その子はもともとカエルが好きではないけれど、静寂に包まれた夜に目を覚ましている生物がいることにほっとする。その子はカバンを持って松林に向かう。そこに埋めておこうと思ったのだ。永遠に。誰にも見つからないように。まるで呪いでもかけるように。ところが、急に気が変わる。おばあさんと犬が暮らしていた隣の家に行くことにした。

　雪の降った日に行って以来、隣の家に入るのは初めてだ。それが三年前だとわかって、その子は少し目まいを覚える。家の中は電気がつかないので、辺りは漆黒のように暗い。犬小屋は壊れかけている。なぜ？　なぜ？　ただ存在するだけで壊れるものもあるのか。縁側は白い埃をかぶっている。その子は両手でそれをさっとなで、びっくりする。それから靴を履いたまま縁側に上がり、おばあさんの部屋の前に立つ。戸は一度も開けたことがなかった。死んだおばあさんが何日も放置されていたところ。その子は、いつか自分が死んだときそんなふうに放置されませんように、と心の中で祈る。決心した。決断した。怖さに打ち克つために目を閉じて、おばあさんのいた部屋を開ける。その子はどきりとして声をあげる。きゃあ！　ただの土埃だ。部屋の中に足を踏み入れる。所帯道具は何もない。誰かが持っていったのだろうか。それとも全部捨てたのか。天井の隅には蜘蛛の巣がかかっており、窓ガラスは割れている。その子は抱いていたカバンを、その部屋の真ん中に置く。カバンに描かれた赤毛のアンは、相変わらず勇ましく、元気よく微笑んでいる。その子はしばらくカバンを見下ろしていたが、さっと振り返って部屋を飛び出す。そのとき、縁側の下で何かを見つける。

数年前、雪の降った日、自分が縁側に置いていった飴だった。

その子は飴を拾って、いろいろな角度から眺める。突然、涙があふれ出る。その子は両手で赤い飴の包み紙を開けて、中をのぞきこむ。それから飴を口の中に入れて転がしながら、埃だらけの縁側に座ってみる。何年過ぎても飴の甘さは変わらない。変わっていない。そのことに少し衝撃を受ける。その子はつま先で地面を蹴りながら、しばらくその暗闇の中に座っている。決して飴は噛まない。口の中で溶けるまで待ってから、すっくと立ち上がる。そしてまた縁側に上がり、カバンを置いてあるおばあさんの部屋の戸を開ける。蜘蛛の巣、割れた窓ガラス、埃、それだけだ。床には何もない。その子はしばらく部屋の中をぼんやりと眺めていたが、戸を閉め、縁側から庭に下り、早足で歩きだす。

私はその子が何を望んでいるのか、わかるような気がする。

六章の「ステキなしきもの」に出てくる新聞記事は、「あの世でそそいだ〝スパイの汚名〟……北朝鮮帰還漁夫　李サンチョル事件」（『京郷新聞』二〇一〇・一・二八）と「スパイ捏造事件、なぜいつも漁夫なのか」（『オーマイニュース』二〇一一・一・一九）よりモチーフを得て再構成したが、作中の事件はすべてフィクションであり、実際の事件とは何の関連もない。

訳者あとがき

本書は二〇二〇年に文学と知性社から刊行されたソン・ボミの長編小説『小さな町』（『작은 동네』）の全訳である。

著者のソン・ボミは二〇〇九年、二十一世紀文学新人賞を受賞して作家デビューし、二〇一一年、東亜日報の新春文藝に「毛布」が当選した後、本格的な創作活動を始めた。短編集に『彼らにリンディ・ホップを』『優雅な夜と猫たち』『愛の夢』、長編小説には『ディア・ラルフ・ローレン』『消えた森の子どもたち』などがあり、本書『小さな町』は著者二作目の長編小説にあたる。邦訳された短編小説には「異邦人」（『ヒョンナムオッパへ』斎藤真理子訳、白水社、二〇一九年に収録）と「偉大なる遺産」（『私のおばあちゃんへ』拙訳、書肆侃侃房、二〇二一年に収録）がある。

ソン・ボミの作品は往々にして翻訳調の文体と評されてきた。個性的な表現スタイルや軽快なリズムがあり、韓国ではない場所が舞台になる作品が少なくないからだろう。また、作中には、家出、誘拐、失踪、捨てられた子ども（親の離婚や、養子縁組によるものを含む）がよく登場するのも特徴だ。これまでの作品は三人称の語りが中心で　特定の時代や空間が具体的に描かれることはめずらしかった。著者の作り上げた架空の世界は、実在した人物や史実をモチーフに用いたものでも、どこかしらファンタジーを思わせる。どこまでが事実でどこまでが著者の創作なのか境界が曖昧なものが多いと評されてきた。その理由を著者は、十代の頃から推理小説やアメリカのドラマ、ＳＦ小説などのジャンル物が好きだったので、その影響を受けたからではないかと語っている。

そんな著者が本書『小さな町』では、これまでほとんど見られなかった女性の一人称を用い、実在する地名を用いている。それでも読者は読み進めるにつれ、「小さな町」という名の不穏な森の中を手探りで歩くような閉塞感を覚えるだろう。過去の記憶をたどることで現在の謎を解くというソン・ボミのスタイルは『小さな町』にも依然として見られ、いっそう堅固になったように思われる。

ソン・ボミは小説を書くことについて次のように述べている。

> 小説家は、とてもいい望遠鏡を持っている宇宙人と似ている。遥か彼方の見知らぬ星の光を見つめ、その中に人の顔や表情を見つける。だからその人のために心を痛めたり安堵したり、時には腹を立てるのではないだろうか。私はただ素朴な気持ちで見つめるだけだ。とても遠くに存在する世界を。そこに生きている人たちの顔を一度でいいから見てみたいと思いながら。

ここで少し、ソン・ボミが描き出した小さな町と、そこに生きる人たちをのぞいてみることにする。

主人公の「私」は三十代半ばの女性で、大学で時間講師をし、日本の童話を翻訳している。芸能プロダクションに勤めている夫と二人暮らしだ。「私」の母が胆嚢癌で亡くなったところから物語が動きだす。母の死後、「私」は過去の記憶と現在を交錯させながら、母が最期まで言わなかった（言えなかった）真実を探す旅に出る。その過程で、幼い頃暮らした小さな町が浮かび上がる。いまでは名前も忘れてしまったその町は、外の世界を拒むかのように広州という街の離れにひっそりと佇み、「私」は赤いレンガの塀がある家で父と母と暮らした。その頃の母はいつも異常なほど娘の安全を心配し、「私」は母の過剰な保護の下で日々を送った。母の話によると、その町はかつて大きな火事に見舞われ、そのときに「私」の兄も死んだという。町の人々が飼っている犬はそのときに失った家族の身代わりだという話を聞き、「私」はいつも心のどこかで罪悪感を抱いて生きてきた。

ある日、父親が出ていった。森の中に隠れ住んでいた女性（母の唯一の友人）の起こした騒動が原因ではないかと思われるが、それが「私」とどんな関わりがあるのか、「私」は知るよしもなかった。その後、私と母はソウルに引っ越し、その町のことは記憶から消えてしまっていた。だが実は、「私」の心の中にはいつもその小さな町が存在していたのだ。「私」は自分が何かを選択するたびに、その町が頭をもたげていたことに気づく。
「私」はある日、行方をくらませた女優のことを調べているときに、夫のスクラップした記事をとおして、一九七〇年代にあった漁夫スパイ捏造事件について知る。それが「私」自身と関連がある事件だとは思いもよらなかった。ところが母の死後、幼い頃に別れた父に再会し、新たな真実を知る。それによって、破片のように散らばっていた私の記憶はしだいに立体的な像を結びはじめるのだ。

　実は、母の人生には秘密があった。母が亡くなる前に残した言葉と、小さな町に関する私の記憶、そして夫のスクラップブックと父との再会によって明らかになったのは、他でもない「私」の出生の秘密だった。この作品の重要なモチーフとなっている漁夫スパイ捏造事件について、ソン・ボミはこう語っている。

> 　スパイという無実の罪で数十年間収監され、その息子を自殺に追い込んだという記事を見たときの、悲劇的で悲しい出来事が胸の中に残っていたが、自分が直接経験したことではないので、そのぶん小説にするのに慎重になった。

　とりわけ五〇年代から八〇年代にかけて、イカ釣り漁船などに乗っていた船員が北朝鮮の警備艇に拉致されたり、台風や濃霧などで方向を見失い、北方限界線を越えて北朝鮮の領域に入ったために抑留されたりする事件が相次いだ。抑留後、運よく南に戻れた人も、当時の反共法上、起訴され、懲役〇年、執行猶予〇年の実刑を宣告された。彼らの多くは〝越北漁夫〟というレッテルを貼られ、生涯息を潜めて暮らした時代であったことを補足しておきたい。

ところで、ソン・ボミの作品には「消える」人たち、特に女性たちが多く登場する。

私たちはみな日常の中で、自分の意志とは関係のない、外的な要因によって生活が一八〇度豹変することが多々ある。そうやって日常が崩壊してしまったあとも、依然として人生は続いていく。私たちはどうやって生きていけばよいのだろう。これは訳者としての私の関心事でもあり、『小さな町』はそういう疑問から読み進めた。人間は自分の力ではどうすることもできない運命を背負ったとき、どのような力によって生きていけばいいのか。それに対する答えが作品に示されているわけではない。

「私」はすべての真実が明らかになったとき、過去と向き合うことにした。それはもうこれ以上、「消える」ことを望まないという意味でもある。多くの女性たちが自ら選択したものの前であっけなく崩れていく中で。すべては運命だと受け止めた母は、後悔のない人生を送ったのだろうか。母が、そして消えた女性たちが、本当に守りたかったものは何だったのだろう。「私」はこれからどのような選択をして生きていくのだろうか。

最後に、本書の出版を快く引き受けてくださった書肆侃侃房のみなさん、編集の田島安江さん、池田雪さん、それから、いつも私を支えてくださるすべての方々に心から深く御礼を申し上げる。

二〇二三年八月

橋本智保

■著者プロフィール

ソン・ボミ［孫歩侏／손보미］

1980年生まれ。2009年に21世紀文学新人賞を受賞、2011年に東亜日報の新春文藝に短編小説「毛布」が当選する。短編集に『彼らにリンディ・ホップを』『優雅な夜と猫たち』『愛の夢』、長編小説に『ディア・ラルフ・ローレン』『小さな町』『消えた森の子どもたち』などがある。若い作家賞、大山文学賞、李箱文学賞などを受賞。

■訳者プロフィール

橋本智保［はしもと・ちほ］

1972年生まれ。東京外国語大学朝鮮語科を経て、ソウル大学国語国文学科修士課程修了。訳書に、鄭智我(チョンジア)『歳月』(新幹社)、キム・ヨンス『夜は歌う』『ぼくは幽霊作家です』(新泉社)、チョン・イヒョン『きみは知らない』(同)、ソン・ホンギュ『イスラーム精肉店』(同)、ウン・ヒギョン『鳥のおくりもの』(段々社)、クォン・ヨソン『レモン』(河出書房新社)『春の宵』(書肆侃侃房)、チェ・ウンミ『第九の波』(同)、ハン・ジョンウォン『詩と散策』(同)など多数。

Woman's Best 17 韓国女性文学シリーズ 14

小さな町　작은 동네

2023年9月29日　第1刷発行

著　者　ソン・ボミ
翻訳者　橋本智保
発行者　池田雪
発行所　株式会社 書肆侃侃房［しょしかんかんぼう］
〒810-0041 福岡市中央区大名 2-8-18-501
TEL 092-735-2802　FAX 092-735-2792
http://www.kankanbou.com
info@kankanbou.com

編　集　池田雪／田島安江
ＤＴＰ　黒木留実
印刷・製本　シナノ書籍印刷株式会社

ISBN978-4-86385-592-2 C0097